Angela Gerrits

Missing Magdalena

Angela Gerrits hat zahlreiche Hörspiele, Drehbücher, Romane und Kurzgeschichten für Kinder und Jugendliche geschrieben. Sie wurde in Bremen geboren, studierte in Hamburg Musikwissenschaft, Italienisch und Literatur und lebt heute im schönsten Haus an der Nordsee.

Angela Gerrits

MISSING MAGDALENA

Bibliographische Information der Deutschen Bibliothek:
Die Deutsche Bibliothek verzeichnet diese Publikation
in der Deutschen Nationalbibliographie; detaillierte Daten sind
im Internet unter http://dnb.ddb.de abrufbar.

EDITION
NORDNORDWEST

„Missing Magdalena" ist 2010 unter dem Titel „Die Babysitterin"
bei Thienemann erschienen.

Covergestaltung: Christine Kleicke
unter Verwendung von Fotomotiven von www.iStockphoto.com
3282047/solarseven; 5900734/teekaygee; 9987371/shironosov;
9633796/fredrocko

ISBN 978-3-7347-6736-4
Herstellung und Verlag:
BoD - Books on Demand, Norderstedt

Mann lag tot in seiner Wohnung

Wallheim/Geißendorf. *Ein etwa 35-jähriger Mann ist gestern früh tot in seiner Wohnung in Geißendorf aufgefunden worden. Eine Nachbarin hatte den Mann, der möglicherweise einem Gewaltverbrechen zum Opfer gefallen ist, gegen Mittag entdeckt. Die Wohnungstür war angelehnt, Spuren eines gewaltsamen Eindringens in die Wohnung gibt es laut Polizeiangaben nicht. Die Ermittler der zuständigen Mordkommission gehen deshalb nach eigenen Angaben davon aus, dass das Opfer dem Täter oder den Tätern selbst die Tür geöffnet hat. In der Wohnung des Toten wurden eine Babytragetasche und Babykleidung gefunden, obwohl nach Aussagen mehrerer Nachbarn in dem Mehrfamilienhaus, in dem sich die Tat ereignet hat, nicht bekannt war, dass der Mann ein Kind hatte. Offensichtlich hatte er gerade Vorbereitungen für eine größere Reise getroffen, denn ein Koffer lag halb gepackt auf seinem Bett. Weitere Details wurden zunächst nicht bekannt.*

1

„Wenn die Bewerbung zurückkommt, ist es immer eine Absage", warf ihr Vater ihr lapidar vor die Füße.

Er nahm Zoë die restliche Post ab, überflog sie, zerriss den Spendenaufruf eines Kinderhilfsdorfes und schlurfte ins Wohnzimmer.

„Vielen Dank, das weiß ich selbst!", konterte Zoë genervt.

Sie ging in ihr Zimmer zurück und öffnete den dicken Umschlag. Sie überflog das Anschreiben.

„... und wünschen Ihnen für Ihre Zukunft alles Gute."

Die Mappe sah unberührt aus. Wie letztes und vorletztes Mal. Guckten sich die Saftsäcke ihre Bewerbung nicht einmal an?

Zoë zerknüllte den Brief und schleuderte die Mappe quer durch den Raum.

Es war die siebte Absage. Zwei Bewerbungen um eine Lehrstelle zur Groß- und Außenhandelskauffrau liefen noch.

Groß- und Außenhandelskauffrau klang irgendwie gut, fand Zoë, obwohl sie nicht genau wusste, was man damit anfangen konnte, aber irgendeinen Bürojob würde sie mit solch einer Ausbildung schon bekommen. Hauptsache, du machst was!, lag ihr Vater ihr in den Ohren. Hauptsache, du machst endlich was und sitzt nicht nur hier rum! Und liegst uns nicht länger auf der Tasche, lautete der Subtext, aber so weit war es noch nicht gekommen, dass er ihn auch aussprach.

Die ersten Wochen nach ihrer mittleren Reife hatte sie noch so eine Art Schonfrist gehabt, ihre Mutter hatte sie in Schutz genommen und bei jeder Gelegenheit, beim Tratsch über den Gartenzaun oder an der Kasse im Supermarkt, stolz vom erfolgreichen Schulabschluss ihrer Tochter erzählt.

Seit ein paar Tagen nahm sie Zoë nicht mehr in Schutz, sondern schwieg. Aber sie blieb dabei nicht einfach stumm, sondern seufzte auf eine entsagungs- und leicht vorwurfsvolle Art.

Zoës Vater hatte seine Stelle bei einem Fleischgroßhändler vor einem Jahr verloren und sollte in wenigen Tagen für einen Hungerlohn bei einem Callcenter anfangen.

Das war lächerlich. Zoë stellte sich ihren Vater in einem Großraumbüro vor, in dem er mit hundert anderen armen Würstchen zwischen Stellwände gepfercht um die Wette telefonierte. Die Vorstellung war absurd.

Aber das sagte sie ihm nicht, denn den Job hatte ihre Mutter ihm vermittelt, die dort schon mehrere Jahre arbeitete, und bei ihr hatte sie sich den Job immer gut vorstellen können. In jedem Fall stand für Zoë fest, dass sie nicht im Callcenter landen wollte. Sie wollte etwas aus ihrem Leben machen.

Die neuerliche Absage traf sie unerwartet hart. Dieser Dr. Bloch, an den sie ihre Bewerbung gerichtet hatte, hatte sich ihre Unterlagen bestimmt nicht einmal richtig angesehen. Vielleicht hatte er sie erst gar nicht zu Gesicht bekommen, vielleicht waren sie vorher aussortiert worden von irgendeiner stutenbissigen Sekretärin, der Zoë zu hübsch war mit ihrem schmalen Gesicht, den großen dunklen Augen und den langen glatten, fast schwarzen Haaren. Darauf hatte sie schon der Bewerbungstrainer hingewiesen, dass gutes Aussehen von Nachteil sein könne, je nachdem, in wessen Hände die Bewerbung zuerst gerate.

Ja und? Was sollte sie tun? Sollte sie sich eine hässliche dickglasige Brille aufsetzen oder einen Sack über den Kopf ziehen? Irgendwo hatte sie gelesen, dass junge mittelhübsche Frauen die besten Aussichten auf eine Ausbildungsstelle hätten, wenn sie über gute bis sehr gute Noten, einen Migrationshintergrund und eine leichte, für die Ausbildung unerhebliche Behinderung verfügten. Das fand Zoë zynisch. Sie hatte sich mit Patrick, ihrem Ex, darüber unterhalten, aber schließlich hatte er nur die Schultern gezuckt und gesagt: Wozu willst du eine Ausbildung machen? Traust du mir nicht zu, dass ich eine Familie ernähren kann? Kurz darauf hatten sie sich getrennt.

Zoë hatte keine Lust mehr, Bewerbungen zu schreiben. Es war sinnlos. Immer waren die Stellen gerade schon besetzt, immer hatte man gerade eben vor einer Minute schon jemand anderem die Zusage gegeben. „... bedauern wir, Ihnen keine bessere Nachricht geben zu können."

Bla bla.

Zoë ging übel gelaunt in die Küche, kochte Kaffee und blätterte den Wallheimer Stadtanzeiger nach Jobs durch:

Mitarbeiter/in Service Center, lukrative Tätigkeit in den Nachmittags/Abendstunden, Nebenverdienst von zu Hause, Telefonieren so viel Sie wollen, nette Tresenkraft gesucht, Babysitterin ...

Tresenkraft, das wäre vielleicht was für den Übergang, bis ich was Richtiges habe, dachte Zoë. Was mochte das sein, Tresenkraft? In der Kneipe arbeiten vielleicht. Bier zapfen und Wein einschenken. Das konnte doch so schwierig nicht sein.

„Bist du verrückt? Was glaubst du, was die Leute reden, wenn du plötzlich in der Kneipe anfängst!", zischte ihre Mutter empört. „Und dann, wo Papa niemals in die Kneipe geht. Was glaubst du, wie froh ich darüber bin!"

„Aber Mama, es geht doch nur ums Geldverdienen, nur für eine Zeit, bis ich eine Lehrstelle hab."

„Kommt nicht infrage. Meine Tochter arbeitet nicht in der Kneipe. Ich verbiete es dir. Hier, was ist damit, wenn du unbedingt jobben willst?" Ihre Mutter hielt ihr die Babysitter-Anzeige unter die Nase.

„Ich kann kleine Kinder nicht ausstehen", sagte Zoë. „Das weißt du genau. Kleine Kinder stinken und schreien, die gehen mir auf die Nerven."

„Tja, dann ..." Ihre Mutter nahm sich einen Kaffee und trank ihn im Stehen. „Ich muss los."

„Kannst du mir zwanzig Euro geben?"

Zoës Mutter schüttelte den Kopf.

„Bitte, Mama, zehn!"

Zoës Mutter nahm ein paar Münzen aus ihrem Portemonnaie und reichte sie ihr. „Wir wissen nicht, wo uns der Kopf steht, Zoë. Erst kommt der Wagen nicht durch den TÜV, dann geht die Waschmaschine kaputt, wir können uns nicht mal mehr die laufenden Kosten ..."

„Ja, Mama! Ich weiß!"

Zoë schnappte sich die Zeitung und ging in ihr Zimmer.

Sie konnte die Jammerei ihrer Mutter nicht mehr ertragen. Sie musste dringend hier raus. Und sie brauchte Geld. Einfach so. Zum Leben. Um ins Kino zu gehen. Um sich ihre Zeitschrift kaufen zu können. Einen neuen Lippenstift. Und um den Eintritt ins Mixx zu bezahlen, der einzigen Disco im Ort, auch wenn sie seit der Trennung von Patrick nicht mehr dort gewesen war. Sie wollte wenigstens die Möglichkeit haben, tanzen zu gehen.

Sie rief die Babysitter-Nummer an.

2

„Hello?", meldete sich eine Frau am anderen Ende.

„Hallo, hier ist Zoë Müller, ich rufe wegen der Anzeige an."

„Ja?"

Zoë zögerte. „Wegen der Anzeige. Babysitter gesucht. Sind Sie das nicht?"

„Doch, das ist richtig."

Die Frau sprach mit amerikanischem Akzent. Sie klang genervt.

Zoë hatte keine Erfahrung mit Bewerbungsgesprächen am Telefon. Sie versuchte, sich an irgendetwas Hilfreiches zu erinnern, das der Bewerbungstrainer ihr geraten hatte.

Die Frau am anderen Ende der Leitung wartete penetrant, dass Zoë etwas sagte.

„Oder ist der Job schon weg?"

„Nein, der ist noch nicht weg. Ich habe mich noch nicht entschieden."

„Das heißt, es gibt mehrere Bewerberinnen?"

„Ja, natürlich."

Ja, natürlich gab es mehrere Bewerberinnen. Was für eine dumme Frage. Die Frau verunsicherte sie.

„Wie alt bist du denn? Du klingst so jung."

„Siebzehn. Fast."

„Hast du denn schon Erfahrung als Babysitter?"

„Klar", log Zoë.

„Gut. Wann kannst du kommen?"

„Von mir aus sofort."

„Okay. Hagedornstraße einundzwanzig. Das letzte Haus. Dann also bis gleich." Sie legte auf.

Zoë irritierte die Wortkargheit der Frau. Sie kannte nicht mal ihren Namen. Die ist seltsam, da fahr ich nicht hin, hätte sie gerne ihrer Mutter erzählt, doch die war schon wieder im Callcenter. Jeden Morgen um neun fing sie an. Seit acht Jahren war sie noch nicht einmal zu spät gekommen. Nie hatte sie sich krankgemeldet, selbst wenn sie stark erkältet gewesen war. Noch nicht einmal, als Zoë mit Masern im Bett gelegen hatte, war sie zu Hause geblieben. Eine Nachbarin, die alte Frau Endrussat aus dem ersten Stock, hatte nach ihr gesehen. Nee, Mama, hätte sie ihrer Mutter gerne gesagt, da geh ich nicht hin, die klingt arrogant, und was ich verdiene, hat sie auch nicht gesagt.

In diesem Moment rief ihre Mutter sie an.

„Ich erreiche deinen Vater nicht. Wo kann er denn sein? Guckst du bitte mal? Er soll gleich vorbeikommen, er kann heute schon anfangen. Und jetzt erreiche ich ihn nicht. Guck mal, ob sein Handy irgendwo liegt."

Zoë wusste nicht, wo ihr Vater steckte. Manchmal ging er spazieren, einfach um den Block, dann war er meist schnell wieder da. Manchmal ging er auch in den Stadtpark oder trank im Einkaufszentrum einen Kaffee, seit er arbeitslos war. „Andere Arbeitslose gucken", nannte er das. Er hatte sein Handy tatsächlich auf der Kommode im Flur vergessen.

Zoë erzählte ihrer Mutter von dem Telefonat wegen des Babysitter-Jobs.

„Hagedornstraße klingt gut", antwortete sie. „Das ist mitten im Speckviertel. Wie alt ist denn das Kind?"

„Keine Ahnung."

Nicht mal das hatte die Frau ihr erzählt. Sie wusste praktisch nichts.

„Guck es dir mal an. Absagen kannst du immer noch. Und wenn du Hilfe brauchst, rufst du mich an. Hauptsache ..."

„Ich mach was, ich weiß."

Ihre Mutter ging ihr auf die Nerven. Sie konnte doch auch nichts dafür, dass sie nichts fand. Und in eine andere Stadt, vielleicht sogar in ein anderes Bundesland zu ziehen, wie es die Frau vom Arbeitsamt ihrem Vater nahegelegt hatte, um seine Chancen auf einen neuen Job und auch ihre auf eine Lehrstelle zu verbessern, kam weder für sie noch für ihre Mutter infrage.

Zoë wollte auf keinen Fall aus Wallheim weg. Sie war hier geboren, sie war hier zur Schule gegangen, und ihre Freundinnen lebten hier, sogar wie sie in der Vogelsiedlung, Zoë in der Fasanenstraße, Lotte und Rosi im Kiebitzweg. Als kleine Mädchen hatten sie auf dem Rasen zwischen den langgezogenen dreistöckigen Häusern gespielt. Später waren sie in eine Klasse gekommen und hatten sich seitdem nie mehr getrennt. Sogar die Eltern waren miteinander befreundet. Obwohl Zoë schon lange weder Lottes noch Rosis Eltern bei sich zu Hause gesehen hatte. Kein einziger Grillabend auf dem Balkon, dabei war der Sommer schon fast zu Ende. „Wir müssen sparen", hatte ihr Vater ihr auf ihre Nachfrage etwas ruppig erklärt.

Er war immer wütend in letzter Zeit. Kein Wunder, dass niemand Lust hat, mit ihm zu grillen, dachte Zoë, obwohl sie natürlich nachvollziehen konnte, dass er schlecht gelaunt war, denn man hatte ihm übel mitgespielt. Man hatte ihn einfach von einem Tag auf den anderen vor die Tür gesetzt mit fadenscheinigen Begründungen, dabei hatte er nur einen Betriebsrat gründen wollen in dem Unternehmen, in dem er seit fast siebzehn Jahren arbeitete. Zoë verstand nicht, wieso das ein Kündigungsgrund sein sollte, wenn er sich für die Interessen der Kollegen einsetzte. Sie war auch schon zweimal Klassensprecherin gewesen und hatte deswegen keine Nachteile bei den Lehrern gehabt, im Gegenteil, sie war in ihrem Ansehen gestiegen, als sie merkten, dass sie außer gut aussehen auch noch die Anliegen ihrer Mitschüler gut vortragen konnte. Aber ihr Vater war überzeugt davon, dass sein Engagement für die Kollegen der wahre Grund für seine Kündigung war und nicht seine angeblich mangelnde Zuverlässigkeit.

Dennoch war sie der Meinung, dass ihr Vater seine

Wut nicht an ihr auslassen musste. Es gab seither kaum noch ein nettes oder gar aufmunterndes Wort von seiner Seite. Ständig zog er dieses Gesicht. Wenn man ihm zuhörte und beobachtete, wie er schlaff und gedrückt durch die Wohnung schlich, konnte man den Mut verlieren, überhaupt irgendetwas mit seinem Leben anfangen zu wollen. Als wäre alles, was er hatte, nichts. Als wäre auch sie nichts.

Zoë fuhr mit dem Fahrrad ihrer Mutter zur Hagedornstraße. Ihr eigenes Rad hatte einen Platten, und sie war zu faul gewesen, es zu reparieren. Insgeheim hatte sie gehofft, dass ihr Vater es flicken würde, zumal er jetzt sehr viel Zeit hatte. Aber auch zu solch kleinen Gefälligkeiten, die früher selbstverständlich gewesen waren, war er offenbar nicht mehr bereit.

Die Siedlung, in der sie lebte, war knapp drei Kilometer von der kleinen Altstadt entfernt. Direkt dahinter begann das sogenannte Speckviertel, das genauso groß war wie die Vogelsiedlung, das aber nur höchstens ein Drittel so viele Einwohner hatte, weil es aus lauter Villen bestand, die von großen Gärten umgeben waren. Zoë war selten hier gewesen. In der Grundschule hatte sie ein paar Monate lang eine Freundin gehabt, die in einer der Villen lebte. Zoë war zu ihrem Geburtstag eingeladen gewesen und hatte sich die ganze Zeit gefragt, wo all die Verwandten des Mädchen abgeblieben sein mochten, die in diesem großen Haus wohnten. Wieso zeigten sie sich nicht an einem so wichtigen Tag? Bis ihre Mutter ihr erklärte, dass das Haus nur von dem Mädchen und seinen Eltern bewohnt wurde. So viel Platz!, hatte Zoë voller Neid gedacht. Wozu braucht man so viel Platz? Sie hatte das Mädchen nie wieder besucht und es auch nicht zu sich nach Hause eingeladen, weil sie sich davor fürchtete, erklären zu müssen, wieso sie nur eine Dreizimmerwohnung hatten, und die gehörte noch nicht mal ihnen.

Die wenigen Male, die sie in diese Ecke der Stadt gekommen war, hatte sie nie einen Menschen auf der Straße gesehen. Die meisten Häuser waren umgeben von hohen Zäunen, uneinnehmbar wie Festungen. Das Haus in der Hagedornstraße einundzwanzig lag verborgen hinter einer weißen Mauer.

Zoë stieg vom Rad.

Etwas über ihrem Kopf surrte. Sie entdeckte eine Kamera neben dem schmiedeeisernen Tor, die ihre Bewegungen zu verfolgen schien. Sie trat ein paar Schritte nach links, die Kamera schwenkte mit. Sie stellte sich direkt vor das Tor. Die Kamera folgte. Noch ehe sie auf den breiten Klingelschalter drückte, ertönte ein anderes Surren, dann sagte eine weibliche Stimme: „Komm rein."

Zoë drückte das schwere Tor vorsichtig auf in der Erwartung, von großen, wütenden Hunden angefallen zu werden. Doch nichts dergleichen geschah. Es blieb alles still. Das Tor fiel mit einem leisen Klack ins Schloss. Jetzt sah sie das Haus. Es war kleiner, als die riesige Mauer vermuten ließ, und lag in einiger Entfernung vom Tor auf einem großen Rasengrundstück. Die beiden marmornen Säulen rechts und links neben dem Eingang wirkten wie nachträglich hinzugefügt und irgendwie unpassend, fast kitschig. Das Haus selbst war weiß gestrichen, einstöckig und schlicht.

Zoë war enttäuscht, denn es hatte nicht viel Ähnlichkeit mit der imposanten Villa ihrer ehemaligen Mitschülerin. Wozu brauchte solch ein Haus, das an sich nichts Besonderes war, eine so hohe Mauer? Waren die Menschen, die es bewohnten, so ängstlich? Wenn jemand in dieser Gegend in ein Haus einbrechen würde, überlegte Zoë, würde er jedes andere bevorzugen, weil es hier nicht nach besonders viel Geld aussah. Zumindest nicht im Vergleich zur Umgebung. Nein, reich waren die Besitzer wohl nicht, aber vermutlich hatten sie immer noch mehr Geld im Monat zur Verfügung als ihre Eltern im ganzen Jahr. Gut so, dachte Zoë, sollten sie ihr ruhig etwas davon abgeben. Und so schwer konnte es nicht sein, mit einem kleinen Kind klarzukommen. Vielleicht sollte sie es vom Kindergarten abholen und so lange warten, bis die Mutter von der Arbeit nach Hause käme. Oder das Kind ging schon in die Schule und sie, Zoë, überwachte die Hausaufgaben und danach spielten sie zusammen irgendwas. Vielleicht konnten sie sich gemeinsam Kinderfilme ansehen. Sie würde die Zeit schon irgendwie rumbringen. Aber unter zwanzig Euro pro Einsatz läuft nichts, beschloss Zoë, schließlich würde sie hier ihre wertvolle Freizeit verbringen, in der sie sich mit ihren Freundinnen treffen, ihre Lieblingssendungen gucken oder Bewerbungen schreiben konnte. Oder aber sie sollte sowieso nur abends auf das Kind aufpassen, wenn die Eltern ausgehen wollten. Abends kostet mehr, überlegte Zoë, besonders am Wochenende, wenn ihre Freundinnen tanzen gingen.

Die Haustür wurde geöffnet, noch während Zoë den schmalen, gewundenen Kiesweg entlangging.

„Zoë?", sagte die Frau.

Zoë nickte.

Aus irgendeinem Grund wäre sie am liebsten sofort wieder umgedreht.

Doch da reichte ihr die Frau schon die Hand.

3

Die Frau war mindestens zwei Köpfe größer als sie. Sie hatte dichte, kurze honigfarbene Haare und wirkte sportlich. Vielleicht lag es auch nur an der hellblauen Jogginghose und dem dünnen weißen T-Shirt, unter dem sich ein Sport-BH abzeichnete.

„Ich bin Claudia. Komm rein."

Zoë war verunsichert. Sollte sie diese fremde Frau duzen? Machte man das in Amerika so, dass man gleich jeden mit Vornamen ansprach?

Claudia ging voraus durch ein großes Wohnzimmer mit offener Küche, die durch einen hohen Esstresen vom übrigen Raum abgetrennt war, zu einer breiten geschwungenen Treppe aus Holz.

Zoë war verblüfft über die Größe des Hauses, es hatte auf sie von außen viel kleiner gewirkt.

Sie folgte Claudia in den ersten Stock.

„Zoë bedeutet Leben, oder? Ein hübscher Name", sagte Claudia. „Du bist keine Deutsche, stimmt's?"

„Doch", antwortete Zoë. „Meine Eltern heißen Müller. Das ist der häufigste deutsche Nachname."

Claudia drehte sich kurz zu ihr um. „Ich dachte nur. Der Name, die dunklen Haare ..."

„Mein Urgroßvater war mit einer Iranerin verheiratet", erklärte Zoë.

„Und bei dir hat sie sich durchgesetzt, verstehe." Claudia öffnete eine der Zimmertüren. „Das ist Magdalenas Reich", sagte sie.

Zoë betrat zögernd das Zimmer. In der Mitte stand eine mit weißem Tüll verhängte Wiege. An der einzigen Wand ohne Dachschräge stand ein großer weißer Kleiderschrank, gegenüber eine Kommode mit Wickelunterlage. Es roch nach Creme und Babyöl.

„Ein Baby", sagte Zoë leise. Sie konnte ihre Enttäuschung nur schlecht verbergen.

Claudia lachte. „Ja natürlich ein Baby! Es heißt doch auch Babysitter, oder nicht?"

Zoë versuchte ebenfalls zu lachen, sie nickte, aber sie merkte, dass sie auf ein solch kleines Kind nicht vorbereitet war. Es lag tief vergraben unter einer dicken Daunendecke in seinem Bettchen.

„Die Wiege ist von meinem Mann. Er hat früher darin geschlafen."

Das Baby blickte Zoë an, als sähe es durch sie hindurch, dann fing es unvermittelt an zu schreien.

„Wie alt ist es, ich meine, sie denn?"

„Fast fünf Monate. Nimm sie mal hoch."

Das Schreien des Babys klang wütend, es war spitz und durchdringend. Zoë verstand nicht, wie aus einem so winzigen Wesen so laute Töne herauskommen konnten. In der Hoffnung, dass es sich beruhigen würde, griff sie in die Wiege und hob die Kleine vorsichtig hoch. Sie legte eine Hand hinter den Kopf, das hatte ihr Lottes große Schwester beigebracht, kurz nachdem sie ihr erstes Kind bekommen hatte.

Die Kleine schrie in ihren Armen weiter.

„Sie hat die Hosen voll. Da drüben findest du alles. Du hast ja Erfahrung, hast du gesagt?" Claudia lächelte sie kurz an und verließ das Zimmer.

Zoë war allein mit dem schreienden Baby, dessen Kopf rot war und dessen kleine Fäuste in ihre Richtung ragten. Sie war ratlos. Sie hatte noch nie ein Baby gewickelt. Sie hatte es tausendmal im Vorabendprogramm gesehen, aber sie hatte nicht darauf geachtet, denn die Dialoge, die Intrigen, die Schicksalsschläge standen im Vordergrund, das Baby wickelte sich währenddessen von selbst. Wahrscheinlich hatte die Darstellerin, die die Mutter spielte, sehr lange dafür geübt oder sie hatte selbst ein Kind.

Dann roch sie es. Ihr wurde übel. Die Kleine stank furchtbar. Zoë hielt sie etwas weiter von sich entfernt und legte sie auf den Wickeltisch. Die Kleine schrie und schrie.

Nein, das mache ich nicht, dachte Zoë, den Gestank werde ich nie wieder los, das halte ich nicht aus, für kein Geld der Welt.

In diesem Moment tauchte hinter ihr Claudia wieder auf. „Ist schon etwas länger her, deine Erfahrung?" Sie lächelte und erwartete offensichtlich keine Antwort. Mit wenigen Handgriffen hatte sie die volle Windel entfernt. Der Gestank schlug Zoë ins Gesicht. Unwillkürlich hob sie die Hand vor die Nase.

„Daran gewöhnst du dich schnell", sagte Claudia.

Nein, daran gewöhnst du dich nie, dachte Zoë.

„Guck mir zu", forderte Claudia sie auf, während sie den Po der kleinen Magdalena säuberte, einpuderte und ihr eine frische Einmalwindel unterlegte. „Eins, zwei, drei, siehst du?"

Zoë nickte, obwohl sie sich nicht sicher war, ob sie wirklich verstanden hatte, in welcher Reihenfolge die Klettverschlüsse geschlossen werden mussten.

„Das lernst du ganz schnell."

„Ich weiß nicht", erwiderte Zoë leise.

Claudia warf ihr einen überraschten Blick zu. „Du weißt nicht? Hör zu, ich brauche jemanden, der jeden Vormittag auf Magdalena aufpasst. Außer am Wochenende und montags. Von neun bis eins. In dieser Zeit arbeite ich. Nicht weit, im Museum, wenn also irgendwas ist, bin ich schnell wieder hier. Ich möchte nur nicht zu lange pausieren, die Konkurrenz ist groß, verstehst du? Und ich liebe meine Arbeit, ich möchte sie nicht verlieren. Hast du schon eine Führung mitgemacht?"

„Eine Führung?" Zoë guckte Claudia fragend an.

„Ich mache die Führungen durch das Museum. Schon viele Jahre."

„Ach so."

„Na ja, macht nichts. Ist ja auch nur ein kleines Museum. Und für mich ist es mehr eine Art Spaß. Also was sagst du? Könntest du dir vorstellen, auf Magdalena aufzupassen?"

Wieder zögerte Zoë. „Das kommt darauf an ...",

sagte sie gedehnt mit Blick auf die Kleine in Claudias Armen. Sie hatte aufgehört zu schreien. Ihr lief Speichel aus dem Mundwinkel auf Claudias nackten Arm.

„Ich verstehe", erwiderte Claudia. „Sagen wir, fünfzehn Euro."

„Zwanzig", hörte Zoë sich sagen.

Claudia hob die Augenbrauen. Sie antwortete nicht sofort, sondern wiegte eine Weile Magdalena auf dem Arm und tupfte ihr den Speichel vom Mund.

„Also gut, was soll's", sagte sie schließlich. „Wieso sollst du weniger Stundenlohn bekommen als meine Putzfrau. Du trägst immerhin große Verantwortung."

„Stundenlohn?", fragte Zoë überrascht, aber in dieser Sekunde begann Magdalena schon wieder zu schreien, und diesmal war Zoë froh, denn Claudia hatte ihre Nachfrage überhört und legte ihre Tochter zurück in die Wiege.

Achtzig Euro am Tag! Viermal die Woche! Zoë rechnete. Das war verrückt. Das hätte sie nie zu träumen gewagt. So viel Geld in einer Woche, in einem Monat, das konnte sie sich kaum vorstellen.

„Ist gut", sagte sie, doch dann fielen ihr die anderen Bewerberinnen um diesen Job ein. „Und was ist mit den anderen?"

Claudia deckte Magdalena zu und redete in Babysprache auf sie ein. „Die kleine Maus hat Hunger. Ich mach ihr das Fläschchen und du guckst zu, okay? Die anderen haben mir nicht so gut gefallen. Du bist mir sympathisch, und das ist das Wichtigste, denn immerhin vertraue ich dir mein Wichtigstes an."

Sie ließen die schreiende Magdalena allein und gingen nach unten.

Ein Mann, groß und breitschultrig mit Halbglatze, stand hinter dem Küchentresen und schenkte sich Cola in ein schmales, hohes Glas. Er blickte nicht auf, als Zoë und Claudia die Treppe herunterkamen.

„Das ist Patrick, mein Mann", sagte Claudia.

Patrick, ausgerechnet, dachte Zoë. Er hatte auf den ersten Blick sogar etwas Ähnlichkeit mit ihrem Ex, der war auch groß und breitschultrig, allerdings hatte er noch dichtes blondes Haar und war natürlich viel jünger, erst neunzehn. Der Mann hinter dem Küchentresen war mindestens schon vierzig. Er trug einen edel wirkenden schwarzen Anzug, ein weißes Hemd und eine glänzende, grün-schwarz gestreifte Krawatte.

„Patrick, das ist Zoë, unser neuer Babysitter."

Patrick blickte kurz auf. Er deutete mit einem knappen Nicken einen Gruß an.

„Wieso neu? Hatten wir schon einen alten?", gab er unfreundlich zurück und ging an Zoë und Claudia vorbei zum langen Esstisch, auf dem am vorderen Ende ein eingeschalteter Laptop stand. Er setzte sich davor. „Und sorg dafür, dass das Kind aufhört zu schreien, ich muss mich konzentrieren."

Claudia warf Zoë einen entschuldigenden Blick zu nach dem Motto: Das meint er nicht so. Sie ging in die Küche und bereitete das Fläschchen für Magdalena zu.

Zoë folgte ihr und beobachtete jeden ihrer Handgriffe genau. Für zwanzig Euro Stundenlohn war sie gewillt, alles gut und richtig zu machen. Sie wollte den Job auf keinen Fall wieder riskieren.

„Cola ist übrigens aus", drang es vom Esstisch herüber.

„Dann kauf neue", erwiderte Claudia in patzigem Ton.

„So weit kommt das noch, dass ich mich um den Einkauf kümmern muss. Außerdem muss ich gleich wieder los."

Zoë fühlte sich unbehaglich in Gegenwart dieses Paares, dem es nichts auszumachen schien, sich zu streiten, obwohl eine fremde Person anwesend war. So etwas kannte sie nicht. Familienstreitigkeiten sind nichts für fremde Ohren, hatte ihre Mutter schon immer gesagt. Früher hatte Zoë nie miterlebt, wenn ihre Eltern sich stritten, sie hatte nur gespürt, wenn die Stimmung schlecht war, aber sie hatte nichts gefragt und nichts erfahren. Erst seitdem ihr Vater seine Stelle verloren hatte, nahmen ihre Eltern keine Rücksicht mehr auf sie und stritten über Kleinigkeiten, als hinge ihr Glück davon ab. Zoës Mutter regte sich auf, weil ihr Mann seinen Tee schlürfte. Das habe er früher nie gemacht, schimpfte sie. Im Gegenzug konnte Zoës Vater in Wut geraten, wenn seine Frau die Zeitung nicht in der richtigen Reihenfolge wieder zusammenlegte.

„Jetzt bring endlich dieses Kind zur Ruhe!", schrie Claudias Mann.

„Wieso bringst du es nicht zur Ruhe?", konterte Claudia prompt. „Es ist ja wohl auch dein Kind, oder nicht?"

„Genau. Oder nicht." Patrick klappte den Laptop zu, klemmte ihn unter den Arm und verschwand Richtung Haustür.

„Du könntest deine Tochter wenigstens begrüßen!", rief Claudia ihm hinterher.

Die Haustür fiel ins Schloss.

Claudia seufzte, probierte einen Schluck aus dem Fläschchen und gab Zoë ein Zeichen, ihr nach oben zu folgen. „Mein Mann ist im Moment ein bisschen angespannt, weil es in seiner Firma nicht so läuft."

Zoë nickte. Sie war dankbar für die Erklärung. Und sie hoffte, dass sie mit Claudias Mann nicht viel zu tun haben würde.

4

Am nächsten Morgen stand Zoë um fünf Minuten vor neun vor dem Tor des Hauses Hagedornstraße einundzwanzig. Sie hatte gemeinsam mit ihrer Mutter die Wohnung verlassen, um zur Arbeit zu gehen. Das gefiel ihr, und ihre Mutter war erleichtert, dass Zoë nicht mehr bis mittags schlief, um dann endlos mit ihren Freundinnen zu telefonieren oder vor dem Computer zu sitzen. „Wenigstens fängt das Kind was an", hatte sie Zoës Babysitter-Job ihrem Mann gegenüber verteidigt, der nichts davon hielt, dass seine Tochter fremden Kindern den Arsch abwischte, wie er es nannte. „Wenigstens ist sie sich nicht zu fein wie der große Herr Müller, der lieber Kaffee trinken geht anstatt sich einarbeiten zu lassen", hatte ihre Mutter ihn angegiftet. Zoës Vater war mit seinem leeren Kaffeebecher vom Wohnzimmer in die Küche an ihnen vorbeigeschlurft und hatte verächtlich gegrunzt: „Was soll denn eingearbeitet werden? Wie ich 'n Telefonhörer halte?" Ihre Mutter hatte sie nach draußen vor sich hergeschoben und gesagt: „Du kannst von deiner Tochter nicht erwarten, dass sie arbeiten geht, wenn du selbst nur rumhängst!" Rumms, das hatte gesessen. In diesem Moment tat ihr Vater ihr leid, denn er saß ja nicht absichtlich nur rum. Aber sie hatte sich rausgehalten. Ihre Eltern stritten sich in letzter Zeit fast nur noch ihretwegen. Zumindest kam es Zoë so vor. Und dabei war es ganz offensichtlich egal, was sie machte. Ihre Mutter hatte sich mit einem Kuss auf die Wange von ihr verabschiedet, ihr viel Glück gewünscht und mit einem Augenzwinkern gesagt: „Alles halb so wild. Und ’ne gute Übung! Wenn was ist, rufst du an."

Zoë war auf das Fahrrad ihrer Mutter gestiegen und hatte eine Weile überlegt, was ihre Mutter mit gute Übung gemeint haben könnte. Übung für ihre eigenen Kinder? Ihre Mutter wusste doch, dass sie Kinder nicht mochte. Kinder schrien und warfen sich auf den Boden, wenn sie ihren Willen nicht bekamen. Dazu hatte Zoë keine Lust. Sie wollte sich nicht die genervten Blicke einfangen, die sie selbst den gestressten Müttern dieser kleinen Ungeheuer vorm Süßigkeitenregal im Supermarkt oder in der Eisdiele zuwarf. Nein, keine Chance. Wenn ihre Mutter unbedingt Oma werden wollte, musste sie sich ein Ersatzenkelkind organisieren.

Als Zoë vor dem Tor vom Fahrrad stieg, fiel ihr auf, dass kein Nachname auf dem Klingelschild stand, nur C. + P. K. Wofür stand K.?

Sie klingelte. Das Surren folgte sofort. Zoë war noch nicht an der Haustür angekommen, als ihr Claudia aufgebracht entgegenlief.

„Wo bleibst du denn? Ich muss längst los!"

„Ich dachte, neun Uhr ..."

„Ab neun arbeite ich, ja! Ein bisschen mitdenken musst du bei diesem Job schon! Also ab morgen halb neun, klar?"

Sie lief an Zoë vorbei zum Tor.

„Magdalena schläft jetzt. In einer halben Stunde kriegt sie ihr Fläschchen. Wenn was ist, die Nummer liegt auf dem Tisch."

Claudia verschwand.

Das hätte sie mir ja auch mal sagen können, dass ich früher kommen soll, dachte Zoë beleidigt. Dann krieg ich auch mehr Geld, wenn ich schon um halb neun hier auftauchen muss.

Sie schloss leise die Tür hinter sich und ging ins Wohnzimmer. Sie wollte Magdalena auf keinen Fall wecken, bevor sie ihr Fläschchen bekam.

Zwei Steinstufen führten vom Eingang hinunter zu Küche und Wohnzimmer. Die hatte sie gestern nicht wahrgenommen. Der offenen Küche am nächsten stand der lange hölzerne Esstisch mit acht schmalen hohen Stühlen aus dünnem Geflecht. Auf dem vorderen Ende des Tisches lagen zwei Schlüssel, einer für das Tor und einer für die Haustür, und ein Zettel von Claudia mit zwei Telefonnummern, unter denen sie zu erreichen war, eine Nummer vom Museum und eine Mobilnummer. Sie hatte Zoë aufgeschrieben, welche Jacke, welche Schuhe und welche Mütze Magdalena tragen sollte, wenn sie mit ihr spazieren ging. Und dass der Kinderwagen der Sonne und dem Wind abgewandt stehen sollte, falls sie sich in ein Café oder in den Park setzte. Und nicht länger als eine halbe Stunde und nicht weiter als bis zum Stadtpark. Am Schluss schrieb Claudia: Die Klamotten für draußen liegen oben auf der Wickelkommode bereit. Und lass sie schlafen, wenn sie schläft. Gruß, Claudia.

Oh ja, sehr gerne, dachte Zoë, ich wecke die Kleine bestimmt nicht freiwillig, damit sie anfängt zu krähen, dass einem die Ohren abfallen.

Sie hörte entfernt ein leises Klicken.

Sie blickte vom Zettel auf.

Jetzt war es wieder still.

Am anderen Ende des Tisches stand eine Vase mit bunten Rosen. Hatte die gestern dort auch schon gestanden? Zoë erinnerte sich nicht, aber wahrscheinlich war sie einfach zu aufgeregt gewesen, um jedes Detail wahrzunehmen.

Eine zweiteilige, riesige weiße Ledercouch füllte eine Ecke des großen Wohnraumes, mitten darauf lag aufgeschlagen der Wallheimer Stadtanzeiger, so als hätte eben noch jemand darin gelesen. In der Wand gegenüber war ein riesiger Flachbildschirm eingebaut, an der Decke darüber war eine Leinwand montiert, die man bei Bedarf herunterziehen konnte, sodass sich der Raum im Handumdrehen in ein Privatkino verwandelte. Unter dem Fernseher stand eine lange, schmale Kommode aus Stahl und knallrotem Lack. Außer einer ebenso knallroten hohen, schmalen Vase mit einem verdorrten Zweig und einem Bildband über Malerei gab es auf der glänzenden Oberfläche nichts, das etwas über die Bewohner dieses Hauses aussagte. Nichts lag einfach herum, nichts deutete darauf hin, dass die Schubladen der Kommode schon einmal aufgezogen worden waren, kein einziger Fingerabdruck, so weit Zoë sehen konnte. Die gesamte Einrichtung wirkte wie aus einem edlen Einrichtungshaus direkt hierhergebeamt und nicht benutzt. Lediglich die aufgeschlagene Zeitung zeugte von Leben in diesem Haus.

Vier gleich große quadratische Gemälde hingen an der Wand über der Couch von einer Leiste herab, in exakt gleicher Höhe und gleichen Abständen. Sie zeigten leicht geschwungene rote, gelbe und blaue Streifen auf weißem Untergrund, unten dünn und oben breiter werdend, auf jedem der vier Bilder in unterschiedlicher Dicke und Reihenfolge. Als hätte der Maler die Farben erst ausprobieren wollen, bevor er mit seinem großen Werk begann. Zoë verstand nicht, wieso man sich so etwas hinhängte. Ihre Eltern hatten kaum Bilder in der Wohnung. Lediglich ein Druck mit Mohnblumen von Emil Nolde schmückte zu Hause die Wand über dem schlichten braunen Stoffsofa. Es war das Lieblingsbild ihrer Mutter. Sie liebte Mohnblumen und Emil Nolde. Zoë fand das Bild kitschig. Sie mochte das Foto viel lieber, das sie selbst bei einem Frankreich-Urlaub aufgenommen hatte, ein riesiges Feld voller roter Mohnblumen, vor dem ihre Eltern posierten. Zoë wünschte, sie hätte das Foto ohne ihre Eltern gemacht.

Wenn die sich nur ein einziges Bild mit bunten Streifen gekauft hätten, könnte ich es ja noch verstehen, dachte Zoë mit Blick auf die Wand, aber gleich vier? Sie schüttelte unwillkürlich den Kopf.

„Ein Freund meiner Frau", sagte eine männliche Stimme in ihrem Rücken.

Zoë zuckte zusammen.

Claudias Mann Patrick stand oben am Eingang. „Die hat ein Freund meiner Frau gemalt. Also wenn du mich fragst …"

Er kam auf sie zu, blieb neben ihr stehen und sagte mit Blick auf die Bilder: „Eins hätte auch gereicht."

Zoë musste lachen.

Er sah sehr gut aus. Ein Bild von einem Mann, hätte ihre Mutter gesagt. Ein bisschen wenig Haare vielleicht. Er erinnerte Zoë wirklich verdammt an ihren Ex.

„Meine Frau hasst Unpünktlichkeit", sagte er und öffnete den Kühlschrank. „Ich sage dir das nur, um dich zu warnen."

„Schon in Ordnung", erwiderte Zoë. „Ich wusste es nur nicht. Ab morgen bin ich pünktlich, ganz bestimmt."

Patrick lächelte sie an. Er stand in der geöffneten Kühlschranktür. „Möchtest du was? Cola oder so?"

Zoë schüttelte den Kopf. „Nein, danke."

Patrick schloss den Kühlschrank mit der Schulter. „Nimm dir einfach, wenn du was brauchst. Dann habe ich nicht das Gefühl, dass ich mich um dich

kümmern muss, okay? Außerdem muss ich gleich
wieder los."

„In Ordnung."

Der ist ja doch ganz nett, ein Glück, dachte Zoë.
Wahrscheinlich hatte er gestern nur einen schlechten
Tag.

5

Es war ganz einfach. Die kleine Magdalena ließ sich widerstandslos von Zoë füttern und anziehen. Sie schrie kaum, nur einmal fing sie an zu weinen, als Zoë auf dem Weg in den Stadtpark an einem Fachgeschäft für Fotoausrüstung stehen blieb. Ihre Kamera stammte noch von ihrer Großmutter, dafür gab es nicht mal mehr Ersatzteile. Wenn ich was von dem Babysitter-Geld beiseitelege, kann ich mir bald eine vernünftige Kamera kaufen, dachte Zoë. Sie blickte sich um. Kein Mensch weit und breit. Zoë wunderte sich, wie sich solch ein teures Fachgeschäft in dieser einsamen Gegend halten konnte.

Sie zögerte kurz, dann ließ sie den Kinderwagen mit der weinenden Magdalena vorm Schaufenster stehen und ging in den Laden. Sie wollte nur schnell einen Prospekt mitnehmen, um sich eine Kamera auszusuchen, sozusagen als Anreiz, um ihren Babysitter-Job so lange wie möglich durchzuhalten.

Ein junger Mann mit randloser runder Brille und langen, dunklen, leicht fettigen Haaren saß hinter dem Verkaufstresen und las in einer Zeitschrift. Als Zoë das Geschäft betrat, erhob er sich schwerfällig und legte die Zeitschrift auf dem Stuhl ab. Er lächelte etwas gequält, sodass Zoë gleich wieder der Mut verließ.

„Ich wollte eigentlich ... ich wollte nur mal gucken. Ich möchte mir vielleicht eine Kamera kaufen."

Der junge Mann guckte sie einfach nur an, ohne auf ihre Worte zu reagieren. Sein Blick war durchdringend und ein wenig erstaunt. Sah man ihr an, dass sie eigentlich gar kein Geld für eine Kamera hatte?

„So. Ja", sagte er endlich, ohne den Blick von ihr zu wenden.

Er wirkte etwas dümmlich, so wie er sie ansah. Möglicherweise ist das gar nicht der Verkäufer, er ist ja auch noch sehr jung, überlegte Zoë. Vielleicht passt er nur kurz auf den Laden auf.

„Es reicht auch erst mal ein Prospekt", sagte sie.

Er nickte und holte mit einem Griff ein Hochglanzmagazin unter dem Tresen hervor.

„Vielleicht sollten wir erst einmal klären, wozu genau ...", begann er, als Zoë einen Schatten am Schaufenster bemerkte. Jemand stand vor dem Kinderwagen.

Mit zwei Sätzen war sie an der Tür.

„Halt! Willst du den nicht mitnehmen?"

Zoë riss dem jungen Mann den Hochglanzprospekt aus der Hand.

„Danke!", rief sie und lief nach draußen.

Eine Frau beugte sich über den Kinderwagen. Zoë konnte sich nicht erklären, woher sie so plötzlich aufgetaucht war.

„Butzi butzi butzi, jo jo jo jo jo, ist ja gut", versuchte die Frau Magdalena zu beruhigen.

„Entschuldigung", sagte Zoë.

Die Frau, die Mitte vierzig, also etwa im Alter ihrer

Mutter sein mochte, drehte sich zu Zoë um. Sie trug eine eng anliegende rosafarbene Filzmütze mit einem pinselartigen Bommel mittendrauf. Ihr Blick war vorwurfsvoll.

„Gehört das Kind zu dir?"

„Wieso?"

„Bist du denn verrückt, es hier draußen ganz allein zu lassen? Stell dir vor, jemand hätte die Kleine geklaut!"

Zoë zuckte die Schultern. „Wer soll denn hier ein Baby klauen? Hier war doch niemand."

„Bin ich niemand?", entgegnete die Frau empört. „Du solltest schon ein bisschen besser auf deine kleine Schwester aufpassen! Wer weiß, was für Psychopathen rumlaufen!" Sie ging weiter und ließ Zoë stehen.

Zoë wartete einen Moment, bevor sie ihr mit Magdalena folgte. Die Psychopathin bist du, schickte sie der Frau stumm hinterher, ich hatte die ganze Zeit alles im Blick. Blöde Kuh.

Sie drehte mit Magdalena eine Runde im Stadtpark. Magdalena war eingeschlafen. Zoë steuerte auf eine freie Bank in der Nähe des Spielplatzes zu, stellte den Kinderwagen neben sich ab, überprüfte die Richtung des schwachen Windes und den Einfall der Sonne, die sich aber ohnehin meistens hinter dicken weißen Wolken verbarg. Wieder guckte sie sich um. Es gab nur wenige Spaziergänger an diesem

Vormittag, auf der kleinen Plastikrutsche in der Sandkiste in einiger Entfernung saß ein weinendes Kind, dessen Mutter vergebliche Ermutigungsversuche unternahm. Wieso habe ich noch nie hier gesessen?, fragte Zoë sich, während sie sich eine Zigarette anzündete. Es war der perfekte Platz zum Rauchen. Niemand, der sie schräg anguckte, niemand, der ihr gute Ratschläge gab oder sie darauf aufmerksam machte, dass sie mindestens fünf Jahre früher als nötig sterben würde. Sie wollte sowieso nicht alt werden. Ihre Großmutter war elendig an Parkinson und einer Knochenkrankheit zugrunde gegangen. Mit einundachtzig war für sie Schluss gewesen, aber gequält hatte sie sich schon die ganzen Jahre zuvor. Nein, das wollte sie nicht, dann lieber mit fünfzig tot umfallen. Oder vielleicht doch erst mit sechzig. Fünfzig war ihr Vater, und er war eindeutig zu jung zum Sterben. Außerdem würde sie mit dem Rauchen sowieso jederzeit aufhören können, sie rauchte ja gar nicht viel, nur ein paar Zigaretten am Tag. Mehr konnte sie sich von ihrem Taschengeld auch gar nicht leisten.

Sie inhalierte genüsslich den ersten Zug. Ihr wurde leicht schwindelig, aber das kannte sie schon, das war immer so beim ersten Zug am Morgen. Sie mochte dieses Gefühl, dass sich in ihrem Kopf alles drehte.

Sie schloss die Augen und streckte ihr Gesicht in die Sonne, die sich hinter einer Wolke hervorschob.

Bald würde sie genügend Geld zur Verfügung haben, um nie mehr ihre Eltern anbetteln zu müssen. Aber sie würde ihnen nicht erzählen, wie viel sie mit diesem Job verdiente. Das ging ihre Eltern nichts an. Sollten sie fragen, würde sie lügen. Auch Lotte und Rosi hatte sie bislang nichts erzählt, sie hatte den beiden lediglich eine SMS geschrieben, dass sie einen Babysitter-Job angenommen hatte. Oh Kacke!, hatte Rosi zurückgeschrieben und: Na dann viel Spaß! Erbitte Bericht, aber geruchsfrei, hi hi! Gefolgt von einem Smiley. Zoë mochte diese Dinger nicht. Ganz besonders aber hasste sie: LG. Dann lieber gar keinen Gruß, sagte sie sich.

Lotte hatte sich noch nicht gemeldet. Seit einiger Zeit fühlte Zoë sich von ihr vernachlässigt. Zuletzt hatte sie eine Verabredung kurzfristig abgesagt, angeblich weil sie krank war, und am nächsten Abend hatte Rosi sie zufällig putzmunter im Café mit anderen Freundinnen getroffen. Ein seltener Fall von Spontanheilung, hatte Rosi gefrotzelt. Na ja, hatte Zoë sich gedacht, das kann ja mal sein. Doch dann, als es mit Patrick zu Ende ging, hatte Lotte auch keine Zeit für sie gehabt. Zoë hatte ihr erst mehrere traurige und später zwei wütende Nachrichten hinterlassen, weil Lotte sich totstellte. Was für eine Freundin war das, die sich einfach nicht mehr meldete?

Dann hatte Lotte sie irgendwann doch angerufen, aber sie hatte genervt geklungen, und anstatt Zoë irgendetwas zu erklären oder sich für ihr Schweigen zu entschuldigen, machte sie ihr Vorwürfe. Sie drehte den Spieß ganz einfach um und kramte fadenscheinige oder Monate zurückliegende Kleinigkeiten hervor, nach denen sie sicher lange hatte suchen müssen, um sie zusammenzubekommen. Aber es war ihr gelungen. Zoë war ganz überrascht und betroffen gewesen und hatte sich bei ihr entschuldigt. Sie hatte sich bei ihr entschuldigt! Darüber regte sie sich immer noch auf. Was hatte Lotte an sich, das sie, Zoë, so klein werden ließ?

Die Geschichte lag jetzt gut zwei Wochen zurück. Seitdem hatten sie keinen Kontakt mehr gehabt. Trotzdem hatte sie Lotte von ihrem neuen Job geschrieben. Das war doch eine Nachricht wert. Das war doch eine gute Nachricht. Das bedeutete doch, dass man mit ihr mehr unternehmen konnte, wenn sie flüssig war, man konnte mit ihr ins Mixx gehen, ins Café, ins Kino, shoppen. Dass sie keine Reaktion von Lotte bekam, ärgerte sie. Das war keine Freundin mehr. Solch eine Freundin brauchte sie nicht.

Zoë warf den Zigarettenstummel auf den sandigen Boden und trat ihn mit der Fußspitze aus, blätterte den Hochglanzkatalog durch und musste feststellen, dass ihr all die technischen Beschreibungen der Kameramodelle nichts sagten. Dann werde ich mich beraten lassen, sagte sie sich und machte sich mit Magdalena auf den Rückweg.

Zoë öffnete das Tor und schob den Kinderwagen

über den Kiesweg zum Haus. Sie hörte Stimmen. Sie kamen aus der Küche.

„Hilfe", drang es schwach durchs Fenster, doch es klang nicht wie ein Ruf, sondern eher wie eine Feststellung. Dann noch einmal lauter: „Hilfe!"

Zoë schloss leise die Haustür auf und schob den Kinderwagen in den Flur. Dann blieb sie stehen und lauschte.

„Gib es endlich zu", zischte Patrick.

„Lass mich raus", sagte Claudia leise.

Zoë konnte die beiden vom Flur aus nicht sehen, sie schlich an der Wand entlang Richtung Wohnzimmer und spähte um die Ecke, in der sich die offene Küche befand.

Wieso ist Claudia schon zu Hause?, fragte sie sich, denn es war noch nicht mal halb zwölf.

„Du sollst mich rauslassen."

„Du hältst dich wohl für ganz schlau, ja? Aber verarschen lasse ich mich nicht."

Zoë begriff zuerst nicht, was sie sah, denn sie konnte nur Patricks Rücken erkennen. Patrick stand in der Ecke zwischen Spüle und Herd. Dann bemerkte sie, dass Claudia sich hinter seinem großen Körper verbarg. Er hatte sie so dicht in die Ecke gedrückt, dass sie keine Chance hatte, ihm zu entkommen.

Er zischte wieder irgendwas, was Zoë nicht genau verstand, nur „dieses Arschloch" und „ausgerechnet". Es klang sehr wütend.

„Wenn du mich nicht sofort rauslässt, schreie ich", sagte Claudia ruhig.

„Ach ja? Dann schrei doch." Patrick hob langsam eine Hand.

Zoë konnte nur vermuten, dass er sie um Claudias Hals legte.

„Schrei doch. Na los."

Zoë spürte, dass ihre Knie weich wurden. Sie wusste, dass sie nicht sehen durfte, was sie sah, diese Szene war eindeutig nicht für Fremde bestimmt. Gleichzeitig wusste sie, dass sie Claudia helfen musste. Dieser Mann war ihr kräftemäßig haushoch überlegen und ohne Weiteres in der Lage, sie mit wenigen Handgriffen umzubringen.

Doch Zoë machte nichts. Sie wagte nicht einmal zu atmen.

Magdalena fing an zu weinen.

Zoë drückte sich vor Schreck an die Wand, dann lief sie zum Kinderwagen zurück.

„Hallo!", rief sie. Sie bemühte sich, unbefangen zu klingen. „Bin wieder da!"

Welch ein Schwachsinn, so etwas zu rufen. Sie musste doch davon ausgehen, dass sie allein im Haus war. Sie hoffte, dass die beiden nicht darüber nachdachten. Sie war froh, dass Magdalena schrie, denn das war Claudias Rettung. Und ihre eigene auch.

6

Claudia erschien im Flur. Sie lächelte Zoë an. Ihr Gesicht war gerötet, sie sah müde aus, aber dass sie noch vor wenigen Sekunden um ihr Leben gefürchtet hatte, merkte man ihr nicht an. Vielleicht kennt sie das schon, vielleicht macht der das öfter, aber er bringt sie nicht um, ging es Zoë durch den Kopf.

„Na, ihr beiden, wo wart ihr denn?"

„Im Stadtpark. Aber ich dachte, dass Sie ...“

Zoë stockte und blickte an Claudia vorbei. Sie hoffte, dass Patrick nicht auftauchen würde. Am liebsten wäre es ihr gewesen, wenn er sich in diesem Augenblick einfach in Luft aufgelöst hätte. Sie wollte ihm nie wieder begegnen.

„Ich bin schon früher zurück, weil eine geschlossene Führung ausgefallen ist. Aber das kommt nicht oft vor."

„Ach so."

„Hat sie geschlafen?"

Zoë nickte. „Die ganze Zeit."

Kann ich dann jetzt auch schon gehen?, wollte sie fragen auf die Gefahr hin, dass sie nicht die vollen vier Stunden bezahlt bekäme, aber sie traute sich nicht. Stattdessen hob sie die weinende Magdalena aus dem Kinderwagen.

Gestank schlug ihr aus dem kleinen Bündel entgegen. Sie rang nach Luft und hielt Magdalena reflexartig von sich entfernt.

Claudia schüttelte den Kopf. „Daran wirst du dich aber schon noch gewöhnen müssen", sagte sie mit ihrem Dauerlächeln.

„Ist klar."

„Na komm, gib sie mal her, heute mach ich das noch mal. Und wenn du willst, kannst du schon gehen."

„Okay", sagte Zoë erleichtert.

„Warte."

Claudia drückte Zoë die stinkende Magdalena wieder in den Arm und holte ihr Portemonnaie aus ihrer Handtasche, die über einem dünnen Mantel an der Garderobe hing.

„Hier. Für heute."

Sie nahm Zoë die Kleine wieder ab.

Zoë fühlte mehrere Geldscheine in ihrer Hand, aber sie zählte nicht nach.

„Morgen komme ich um halb neun."

Claudia nickte und wandte sich um.

Patrick kam ihnen telefonierend aus dem Wohnzimmer entgegen.

Instinktiv wich Zoë einen Schritt zurück.

Er nickte ihr kurz zu, während er auf den Menschen am anderen Ende freundlich einredete, schnappte sich seine Laptoptasche von der Kommode neben der Garderobe, schenkte seiner weinenden Tochter ein grimassenhaftes Lächeln und küsste Claudia flüchtig auf die Wange.

Zoë bemerkte, wie Claudia zusammenzuckte. Sie

guckte ihren Mann nicht an, sondern konzentrierte sich auf Magdalena.

Dann war Patrick weg.

„Ich kann sonst auch noch bleiben", sagte Zoë.

Claudia schüttelte den Kopf. „Nein, schon okay, ich bleibe heute hier. Und ich möchte gern allein sein."

Zoë tat Claudia leid. Ihr Mann schien ein richtiger Mistkerl zu sein. Und gefährlich. Ein Mann, der seiner Frau gegenüber die eigene körperliche Überlegenheit ausnutzte, war gefährlich. Nein, er hatte keine Ähnlichkeit mit ihrem Ex. Ihr Patrick war vielleicht ein blöder Macho, aber gefährlich war er nicht.

Zu Hause zählte Zoë das Geld, das Claudia ihr gegeben hatte. Ihr erstes selbst verdientes Geld, abgesehen von dem bisschen, das sie früher in den Ferien fürs Zeitungaustragen bekommen hatte. Es waren achtzig Euro. Obwohl sie früher gegangen war. Das war wirklich großzügig.

Zoë steckte zwanzig Euro in ihr Portemonnaie und legte die restlichen sechzig in eine Blechdose in der obersten Schreibtischschublade, in der sie Bleistiftstummel, Radiergummireste und Büroklammern aufbewahrte. Das wird mein geheimer Schatz, sagte sie sich.

Sie rief Rosi an. Sie musste mit jemandem über ihren neuen Job reden. Über Claudia und diesen Idioten Patrick.

„Schweigegeld", sagte Rosi sofort.

Zoë hatte Rosi gegenüber ihren tatsächlichen Stundenlohn halbiert, dennoch sagte sie wie aus der Pistole geschossen: „Das ist eindeutig Schweigegeld, damit du nichts erzählst."

„Aber das ist doch Quatsch", wandte Zoë ein. „Schweigegeld müsste ich doch von ihm bekommen und nicht von ihr. Er hat sie doch bedroht."

„Nee nee, so läuft das nicht", erklärte Rosi in diesem überlegenen Ton, den Zoë nicht mochte. „Frauchen möchte um jeden Preis verhindern, dass irgendwas Schlimmes nach außen dringt. Zum Beispiel, dass Herrchen sie schlägt."

Zoë ärgerte sich. „Du kannst ganz normal mit mir reden, ich pass nur auf das Baby auf."

Rosi seufzte. „Jetzt sei nicht gleich eingeschnappt. Habe ich doch nicht böse gemeint ..."

„Außerdem ist Claudia kein Frauchen, das ist 'ne ganz fitte Frau, die lässt sich nicht so leicht unterbuttern. Irgendwas stimmt da jedenfalls nicht. Dieser Typ steht irgendwie unter Druck oder so oder ist eifersüchtig ..."

„Weil deine fitte Claudia ausgerechnet mit seinem besten Freund in die Kiste hüpft. Oder mit seinem schlimmsten Feind. Kommt in dem Fall aufs selbe raus. Hat er doch gesagt: ausgerechnet und Arschloch."

Da war was dran. Vielleicht hatte Claudia was mit seinem besten Freund oder schlimmsten Feind angefangen und Patrick war höllisch eifersüchtig.

„Aber das mit dem Schweigegeld glaube ich trotzdem nicht", sagte Zoë. „Die beiden haben mich doch gar nicht gesehen. Die wussten nicht, dass ich das mitgekriegt habe, als er sie in die Ecke gedrückt und bedroht hat."

„Da wär ich mir nicht so sicher", erwiderte Rosi. „Das hat sie dir wahrscheinlich angesehen, dass du das mitgekriegt hast, weil man dir alles ansieht."

Ach ja?, dachte Zoë missmutig. Dann sei froh, dass wir nur telefonieren, sonst würdest du mir jetzt ansehen, dass du mir auf die Nerven gehst.

„Hast du was von Lotte gehört?"

Rosi schwieg.

„Rosi? Bist du noch dran?"

„Nee, hab ich nicht. Hab nichts von ihr gehört."

„Ich auch nicht. Ich verstehe das nicht. Die meldet sich einfach nicht mehr. Hat sie dir was erzählt, ob sie irgendwie sauer auf mich ist?"

„Nee. Mhmh. Hat nichts erzählt."

Zoë stutzte. „Ist alles in Ordnung?"

„Logisch. Was soll sein. Außer ... hab heute schon wieder 'ne fette Absage gekriegt."

„Ich gestern auch."

„Scheiße."

„Ja."

„Dann müssen wir wohl doch reich heiraten." Rosi lachte.

„Ja, ich hätte bei Patrick bleiben sollen", sagte Zoë

im Scherz. „Alter Wallheimer Hotel-Adel mit dem Muff von tausend Jahren ...“

Als Rosi nicht reagierte, obwohl sie normalerweise keine Gelegenheit ausließ, Zoë auch nach gut einem Monat noch zur Trennung von Patrick zu gratulieren, fügte Zoë hinzu. „Dass dieser Idioten-Mann von Claudia auch ausgerechnet Patrick heißen muss.“

Etwas war anders an Rosis Verhalten als sonst. Aber Zoë hatte keine Lust, sich darüber Gedanken zu machen. Ihr ging die Szene zwischen Claudia und Patrick nicht aus dem Kopf. Sie hätte etwas tun müssen, oder? Vielleicht hätte sie ja auch was getan, aber dann hatte Magdalena schon angefangen zu weinen. Sie hatte ihr die Entscheidung abgenommen.

Ja, Claudia hatte es ihr angesehen, Rosi hatte recht, denn man sah ihr wirklich alles an. Sie konnte in ihrem Gesicht nichts verbergen, es lag für jeden bloß. Trotzdem weigerte Zoë sich zu glauben, dass es Schweigegeld war, das Claudia ihr zugesteckt hatte. Nein, sie wusste ihre Dienste ganz einfach zu schätzen. Deswegen bezahlte sie sie so gut.

Aber wenn Claudia wusste, dass sie die Szene in der Küche mitbekommen hatte, musste sie sie darauf ansprechen. Zoë nahm es sich vor. Für morgen. Sobald es sich ergab.

7

Am nächsten Tag stand Zoë um kurz vor halb neun vor dem Tor und schloss auf. Sie klingelte trotzdem.

Claudia stand im Bad und föhnte sich die Haare.
Magdalena schlief.
Patrick war nicht zu sehen.
Ein Glück, dachte Zoë, ich möchte diesem Mann so wenig wie möglich begegnen.
Claudia begrüßte sie gut gelaunt, sodass Zoë es unpassend fand, sie auf den gestrigen Streit mit ihrem Mann anzusprechen. Vielleicht war es eine Ausnahme gewesen, vielleicht war so etwas noch nie vorgekommen, ja, wahrscheinlich hatte diese Szene einen ganz falschen Eindruck auf sie gemacht. Was wusste sie schon von den beiden? Es ging sie auch nichts an. Sie sollte auf Magdalena aufpassen, und fertig. Mehr wurde nicht von ihr verlangt. Und nach dem ersten gut überstandenen Tag war sie zuversichtlich, dass ihr der Babysitter-Job lag.
„Bevor dir übel wird, reib dir das hier unter die Nase, dann geht's." Claudia kam aus dem Bad und reichte ihr eine kleine Plastikdose, auf der Tigerbalsam stand.
„Danke. Aber ich schaff das schon. Übrigens danke für das Geld."
Claudia kämmte sich vor dem langen rahmenlosen Spiegel im Flur mit einer billigen Drahtbürste.

„Apropos übel werden", sagte sie. „Rauchst du eigentlich?"

Zoës Wangen röteten sich, das fühlte sie nicht nur, sie konnte es auch im Spiegel erkennen, obwohl sie ein ganzes Stück hinter Claudia stand.

Noch bevor sie wusste, was sie antworten sollte, fuhr Claudia fort: „Solange du Magdalena nicht ins Gesicht pustet, geht es mich nichts an. Ich habe auch geraucht. Sehr gerne sogar. Mit schwarzer Zigarettenspitze, damit die Finger nicht riechen. Sah superchic aus." Sie drehte sich zu Zoë um. „Aber dann ..."

„Sind Sie schwanger geworden", ergänzte Zoë, froh darüber, dass Claudia ihr keine Standpauke hielt.

„Wenn's mal so gewesen wäre. Nein, damals noch nicht. Aber ich war sehr verliebt. Das war vor Patrick. Er hieß Bill. Heißt er immer noch. Wir sind zusammen aufs College gegangen. Über ein Jahr habe ich gebraucht, um seine Aufmerksamkeit auf mich zu ziehen. Und dann hatte ich es geschafft. Wir waren zusammen was trinken, dann sind wir zusammen ins Kino gegangen, aber er küsste mich einfach nicht. Okay, habe ich mir gesagt, wir leben im einundzwanzigsten Jahrhundert, da habe ich eben die Initiative ergriffen und ihn geküsst. Da hat er mich plötzlich von sich gestoßen. Sorry, it's impossible, you have a bad smell, hat er gesagt. Danach habe ich keine Zigarette mehr angerührt."

Zoë stellte sich vor, dass Patrick Nichtraucher wäre

und sie von sich gestoßen hätte, weil sie nach Zigarettenqualm stank. Eine demütigende Vorstellung.

„Aber ich rauche gar nicht viel", erklärte sie zerknirscht.

„Das ist egal. Kalter Rauch setzt sich überall fest."

„Und dann? Haben Sie Bill noch mal wiedergesehen?"

„Nein. Nur von ferne. Das hatte mich zu sehr verletzt. Es war mir vor allem so peinlich. Und dann lernte ich ja auch ziemlich bald meinen Mann kennen und bin mit ihm hierher nach Wallheim gekommen."

„Oje", rutschte es Zoë heraus. „Ich meine, von New York nach Wallheim, das muss doch ganz schön ... also ein ganz schöner Schritt ..."

„Wie heißt es? Wo die Liebe hinfällt." Claudia wandte sich wieder dem Spiegel zu und betrachtete sich prüfend. „Wir werden uns scheiden lassen."

„Wie bitte?", fragte Zoë überrascht.

„Mein Mann und ich. Wir werden uns scheiden lassen. Das wird dich nicht wundern, nachdem, was du gestern miterlebt hast. Tut mir übrigens leid. Wäre mir sehr wichtig, dass du alles, was du hier erlebst, für dich behältst, ja?" Sie blickte Zoë im Spiegel an.

„Ja, klar. Ich meine, nein, Sie müssen sich keine Sorgen machen, von mir erfährt keiner was."

Claudia zupfte mit unzufriedener Miene in ihren Haaren herum. „Sag einfach du. Mit Sie und Du bin ich nie klargekommen. Ich heiße Claudia."

Zoë nickte eilig. Diese Claudia war wirklich sehr nett. Und welch ein Glück, dass sie sich von diesem Mann trennte. Sie hätte ihr am liebsten dazu gratuliert, so wie Rosi es bei ihr nach der Trennung von Patrick getan hatte, aber sie traute sich nicht.

„Gehen Sie dann ... ich meine, du ... gehst du dann zurück nach New York?"

„Ich möchte sehr gerne zurück", sagte Claudia wehmütig. Sie nahm ihre Handtasche von der Garderobe und durchsuchte sie nach irgendwas. „Meine ganze Familie lebt dort."

„Aber das kannst du doch nach der Scheidung."

Claudia schüttelte traurig den Kopf. „Nur theoretisch. Praktisch bin ich gezwungen hierzubleiben. Das heißt, das Gericht hat das entschieden. Ich darf nicht weiter als fünfzig Kilometer von Wallheim wegziehen, wenn wir uns trennen. Das ist Patricks Werk. Er hat auf der ganzen Linie gewonnen. Vorläufig jedenfalls."

„Du musst wegen Magdalena hierbleiben?"

„Ohne sie kann ich machen, was ich will. Aber ohne sie gehe ich nirgendwo hin."

Zoë staunte über das Vertrauen, das Claudia ihr entgegenbrachte. Sie kannten sich noch nicht mal zwei Tage, und sie erzählte ihr von ihren Eheproblemen. Ganz offensichtlich wusste sie sie wirklich zu schätzen. Von wegen Schweigegeld. Schweigen würde sie von ganz allein, ohne Geld. Ihr Schweigen konnte man nicht kaufen.

„Meine Mutter hat geweint am Telefon, als ich ihr erzählte, dass sie ihre Enkelin nie wiedersehen wird. Meine Mutter ist sehr krank."

„Wieso nie wiedersehen?", fragte Zoë. „Sie, ich meine, du kannst sie doch mit Magdalena besuchen."

„Das erlaubt Patrick nicht. Um mit Magdalena verreisen zu können, brauche ich seine schriftliche Einwilligung. Und die gibt er mir nicht. Er hat Angst, dass ich nicht zurückkomme." Sie lachte spöttisch. Sie hatte dunkle Schatten unter den Augen und erschien Zoë in den letzten Minuten um Jahre gealtert. „Ich lebe in einem Gefängnis ohne Gitter."

„So ein Mistkerl", sagte Zoë. „Ich meine, das ist doch ungerecht. Das ist doch total egoistisch!"

Claudia zuckte die Schultern. „Vielleicht sollte ich die Anwältin wechseln. Wo wart ihr eigentlich gestern spazieren?"

Zoë blickte Claudia ratlos an. „Wir?"

„Du und Magdalena."

„Ach so. Nur im Park." Zoë überlegte. Hatte Claudia sie das nicht schon gestern gefragt?

„Okay. Ist mir wichtig, dass ihr euch nicht weiter entfernt. Aber jeden Tag eine halbe Stunde rausgehen solltet ihr schon."

„Kein Problem", sagte Zoë. „Der Park ist völlig in Ordnung. Ich weiß gar nicht, wieso ich da bis jetzt so selten war."

Claudia lächelte verwundert. „Ich dachte, in deinem Alter geht man zum Knutschen dahin."

Für wie alt hielt Claudia sie? Für dreizehn?

„Oh, sorry, habe ich was Falsches gesagt?"

Zoë bemühte sich zu lächeln. Sie schüttelte den Kopf. Außerdem stimmte es ja auch fast, sie war mit ihrem ersten Freund Arm in Arm durch den Park gegangen. Sie war auch mit Patrick dort gewesen, allerdings nicht zum Knutschen. Einmal hatten sie auf einer Bank gesessen und Pommes gegessen und einmal hatten sie sich gestritten, weil er wieder einen seiner Machosprüche losgelassen hatte. Eine Frau mit Kind sollte nicht arbeiten oder so etwas in der Art. Sie hatte davon damals ihrer Mutter erzählt. „Dafür haben unsere Großmütter nicht gekämpft", hatte sie seufzend erwidert und: „Hat Patricks Mutter denn nur Stroh im Hirn? Die sieht doch eigentlich ganz pfiffig aus."

Zoë hatte sich nie Gedanken über Patricks Mutter gemacht. Solange sie mit ihm zusammen gewesen war, hatte sie sie gemocht. Jetzt war sie ihr egal.

Claudia verabschiedete sich.

Kaum hatte sie die Tür hinter sich zugezogen, fing Magdalena oben in ihrem Zimmer an zu weinen.

Zoë schnupperte an ihrem Sweatshirt. Nein, es roch nicht nach Rauch. Und wenn schon, es gab im Moment niemanden in ihrem Leben, den es hätte stören können.

„Ich komm ja schon", seufzte Zoë.

Sie war froh über den Job. Bis auf den Gestank von vollgeschissenen Windeln war er angenehm und lukraktiv. Vielleicht sollte sie ihrer Mutter zum Dank ein paar Blumen mitbringen, denn immerhin hatte sie ihr den Job zu verdanken, sie hatte ihr die Anzeige unter die Nase gehalten. Von selbst hätte Zoë hier nicht angerufen. Ein Glück, dass ich es getan habe, sagte sie sich.

„Ich komme ja schon!" Zoë stieg die Treppe hinauf. „Ich komme schon, du kleine Hosenscheißerin!", rief sie fröhlich. „Und dann geht's ab in den Park!"

Die Tür zu Magdalenas Zimmer stand offen. Claudias Mann stand über die Wiege gebeugt und drehte sich langsam zu Zoë um.

8

Zoës erster Gedanke war: Er hat alles gehört. Er hat gehört, dass ich ihn Mistkerl genannt habe.

Die Situation war ihr peinlich. Sie wollte etwas Entschuldigendes sagen, aber Patrick schenkte ihr nur ein mitleidiges Lächeln und ging wortlos an ihr vorbei in den Flur.

Von draußen rief er: „Und pass gut auf Magdalena auf, hörst du?"

Zoë wartete ab, bis die Haustür ins Schloss fiel. Erst dann traute sie sich wieder nach unten, machte Magdalena das Fläschchen, fütterte sie, zog sie an und ging mit ihr in den Park.

Sie setzte sich auf dieselbe Bank wie gestern. Wegen des auffrischenden Windes gelang es ihr erst nach mehreren Versuchen, sich eine Zigarette anzuzünden. Sie genoss den ersten Zug.

Zuverlässig setzte der Schwindel ein. Zoë schloss die Augen.

Wieso hatte Claudia ihr von ihrer Scheidung und ihren Eheproblemen erzählt, obwohl sie gewusst hatte, dass ihr Mann oben im Zimmer bei Magdalena war und alles mitanhörte? Sie hatte nicht besonders leise gesprochen, sondern ganz normal. Was sollte das? Claudia hatte in Kauf genommen, dass sie, Zoë, etwas Unfreundliches über ihren Mann sagt. Möglicherweise hatte sie es sogar darauf angelegt und sich heimlich darüber gefreut, dass er alles hört.

Zoë beschlich ein ungutes Gefühl. Vielleicht war dieser Job doch nichts für sie. Andererseits war er verdammt gut bezahlt. Und eine Alternative hatte sie nicht. Sie nahm sich vor, Claudia beim nächsten Mal zu bitten, ihr nichts weiter von ihren Problemen zu erzählen.

Als Zoë die Augen wieder öffnete, sah sie die beiden von hinten. Patrick und Lotte. Ihr Ex-Patrick und ihre Freundin. Ex-Freundin. Sie mussten wenige Meter vor der Bank in den schmalen Weg abgebogen sein, ohne sie zu sehen. Sonst würden sie nicht Arm in Arm spazieren gehen. So abgebrüht konnte niemand sein. Patrick hatte keinen Grund, sich an ihr zu rächen, sie hatten sich in Freundschaft getrennt.
Und Lotte?
Was hatte sie Lotte getan?
Lotte und Patrick. Nein, das konnte nicht sein.
Zoë nahm zwei hektische Züge und rief Rosi an.
Dann hielt sie inne.
Rosi. Sie hatte so seltsam reagiert, als sie sie am Telefon nach Lotte gefragt hatte. Sie hatte fast gar nichts gesagt. Dann wusste sie es also schon.
Zoë drückte Rosis Nummer wieder weg.
Lotte und Patrick waren verschwunden.
Vielleicht nur Einbildung, dachte Zoë. Vielleicht die Zigarette, der Schwindel, eine Fata Morgana, ein übler Tagtraum.

Sie rief Lotte an.

Sie wartete lange darauf, dass Lotte ranging. Weil sie es nicht tat, war die Sache klar. Dann hatte sie also keine Fata Morgana gehabt, dann war es üble Realität.

Zoë trat die Zigarette aus und klopfte ihre Jackentasche nach der Packung ab. In diesem Moment klingelte ihr Handy. Sie kannte die Nummer nicht.

„Hier ist Claudia."

„Ach ja", erwiderte Zoë zerstreut.

„Was ist los? Ist was passiert?"

„Nein. Das heißt ... nein, egal. Alles okay."

„Wo seid ihr?"

„Im Park?"

„Wo genau?"

„Wieso?"

Zoë verstand die Frage nicht. Wollte Claudia sie jetzt kontrollieren?

Claudia antwortete nicht sofort.

„Hör zu, Zoë, ich muss mit dir reden. Es ist sehr wichtig. Und deshalb dachte ich, weil das Wetter ganz schön ist und ich dringend frische Luft brauche ... ich dachte, ich komme in den Park. Ich bring Kaffee und was zu essen mit, ja?"

Zoë hatte nicht die geringste Lust, sich mit Claudia zu treffen und sich Probleme anzuhören, die sie nichts angingen. Dennoch beschrieb sie ihr so gut es ging den Standort der Parkbank. Was hätte sie auch tun sollen?

„Nicht weit vom Spielplatz, in einer Nische mit riesigen Büschen, Rhododendren, glaub ich."

„Was macht die Kleine."

„Die schläft."

Zoë stand auf und guckte in den Kinderwagen. Es stimmte nicht, Magdalena schlief nicht, sie blickte sie mit großen dunklen Augen staunend an. Gleich darauf lächelte sie, als würde sie sich freuen, Zoë zu sehen.

Unwillkürlich lächelte Zoë zurück. Die Kleine war süß, wenn sie nicht weinte und stank.

„Hello? Zoë?"

„Ja."

„Ich bin in einer Viertelstunde da."

Zoë lächelte noch eine Weile mit Magdalena um die Wette, dann setzte sie sich wieder auf die Bank.

Was wollte Claudia von ihr? Ihr sagen, dass man ihr gekündigt hatte und sie jetzt keinen Babysitter mehr brauchte? Es klang nach schlechter Nachricht, und für schlechte Nachrichten waren Zoës Kapazitäten für die nächsten drei Jahre aufgebraucht.

Sie wurde plötzlich wütend auf Claudia. Ohne Claudia hätte sie nicht hier gesessen und Patrick und Lotte gesehen. Arm in Arm. Das passte nicht. Die beiden passten überhaupt nicht zusammen. Nein, das konnte nicht sein.

Sie schrieb Rosi eine SMS: Hi, wie lange währt das Glück denn schon? Und wieso hast du mir nichts erzählt? Ich bin total enttäuscht. Zoë.

Zoë rauchte eine Zigarette nach der anderen.

Magdalena fing an zu weinen. Zoë war es egal. Sollte sie weinen. Sie konnte sich jetzt nicht um sie kümmern, sie musste nachdenken. Sie musste sich beruhigen, bevor Claudia kam.

Die Frau mit der rosafarbenen Filzmütze ging in einiger Entfernung langsam an ihr vorüber und warf ihr einen langen Blick zu, der Zoë sagte, dass sie ihr Rauchen missbilligte.

Zoë schnippte die Asche auf den Boden. Psychopathin. Nur Psychopathen tragen rosa Mützen. Die Frau hatte einen schleppenden Gang, als wäre sie gegen ihren Willen und ohne Ziel unterwegs. Wer weiß, wie viele kranke Gestalten hinter den hohen Mauern im Speckviertel wohnen, dachte Zoë.

Claudia brachte Kaffee und eine Papiertüte mit belegten Brötchen mit. Sie nahm die immer noch weinende Magdalena kurz aus dem Kinderwagen, beruhigte sie und legte sie wieder hin. Augenblicklich fing Magdalena wieder an zu weinen.

Claudia wickelte sie in die dicke Daunendecke und nahm sie auf den Schoß. Magdalena schluchzte noch ein paarmal und schlief bald darauf ein. Die ganze Zeit sprach Claudia kaum mit Zoë. Sie wirkte unglücklich.

Zoë traute sich nicht zu fragen, was geschehen war.

„Ich muss nach New York", begann Claudia schließlich. „Meiner Mutter geht es sehr schlecht."

Sie seufzte. „Ich fliege morgen früh."

Zoë nickte, trank einen Schluck Kaffee und sagte: „Das tut mir leid", erst dann begriff sie, was das womöglich für sie bedeutete.

Claudia guckte sie an. „Das heißt, ich brauche deine Hilfe. Mehr denn je."

Wieder nickte Zoë, diesmal zögernd. „Und was heißt das genau?"

„Du müsstest für ein paar Tage ins Haus ziehen. Wir haben ein Gästezimmer, das ist sehr schön. Nur so lange ich weg bin."

Zoë war unbehaglich zumute bei dem Gedanken, nachts allein in einem Haus mit Claudias Mann zu sein. Überhaupt mit ihm allein zu sein, war ihr unangenehm.

„Ich weiß nicht", sagte sie leise.

„Hast du eine Zigarette für mich?"

Zoë blickte Claudia überrascht an.

Magdalena war auf Claudias Schoß eingeschlafen. Claudia erhob sich langsam und legte sie in den Kinderwagen. Sie wartete ein paar Sekunden, dann setzte sie sich wieder neben Zoë.

Zoë gab ihr eine Zigarette und Feuer.

„Die habe ich früher auch geraucht." Claudia nahm einen Zug und schloss die Augen.

„Ich will aber nicht schuld sein, wenn du wieder anfängst", sagte Zoë.

„Ach was. Es ist nur, weil … Eine Ausnahme. Es ist für mich sehr schwierig im Moment. Es brennt an allen Ecken, verstehst du? Ich kämpfe um das Sorgerecht für meine Tochter, ich kämpfe um meinen Job, ich sammle die Scherben meiner Ehe zusammen, meine Mutter liegt krank am anderen Ende der Welt ..." Sie inhalierte und blies den Rauch in Ringen aus. „Siehst du, es funktioniert noch", sagte sie lächelnd. „Außerdem fängt man nach einer Zigarette nicht wieder an. Also? Tust du mir den Gefallen? Es würde mich sehr beruhigen zu wissen, dass du auf Magdalena aufpasst. Das bekommst du natürlich extra bezahlt."

„Und was ist mit deinem Mann? Wieso nimmt er sich nicht so lange frei?"

„Ich habe ihn gefragt. Aber ich hätte es auch gleich bleiben lassen können. Er hat gesagt, das sei nicht seine Aufgabe, Kindermädchen zu spielen, er müsse schließlich das Geld verdienen, das ich ausgebe."

„Aber das ist doch eine Ausnahmesituation", entgegnete Zoë empört. „Deine Mutter ist krank ..."

„Mein Problem", fiel ihr Claudia ins Wort. „Was kann ich denn dafür, hat er wörtlich gesagt."

„So ein ..."

„Arschloch, sprich es ruhig aus. Aber es gibt noch einen anderen Grund, weshalb ich dich bitte. Ich traue meinem Mann nicht zu, mit der Kleinen allein zu sein. Er war noch nie mit Magdalena allein. Ich glaube, er würde sein eigen Fleisch und Blut im Zweifelsfall nicht mal erkennen. Patrick taugt als Vater so viel wie als Unternehmer", sagte sie in spöttischem Ton. „Fährt den Karren mit offenen Augen mitten in den Dreck."

Fast gleichzeitig traten sie ihre Zigarettenstummel auf dem Sandboden aus.

Zoë hatte Mitleid mit Claudia, noch stärker als am Anfang. Sie wollte ihr gern helfen. Aber musste sie deswegen im Haus übernachten?

„Also? Kann ich auf dich zählen?"

„Und was sagt dein Mann dazu?"

„Der ist froh, wenn er keine zusätzliche Arbeit hat. Du müsstest also vielleicht mal was einkaufen. Aber das meiste ist da. Und Patrick ist meistens weg. Und wenn er doch mal da ist …" Claudia zuckte die Schultern. „Er kann sehr impulsiv sein. Oder sagen wir, er ist manchmal etwas launisch. Aber das muss dich nicht stören. Das geht schnell vorbei." Sie lächelte Zoë bittend an.

Zoë zögerte.

„Ich zahle dir zweihundert pro Tag."

Unwillkürlich strahlte Zoë. Sie war also doch käuflich. Nein, Unsinn, Claudia tat ihr wirklich leid. Sie musste ihr helfen in ihrer schwierigen Situation.

„Okay, ich mach's", sagte sie.

Claudia seufzte erleichtert. „Danke." Sie stand auf und ging. „Bis später."

„Bis später!", rief Zoë ihr nach.

Hoffentlich ist Patrick wirklich die meiste Zeit weg, dachte sie.

9

Als Zoë mit Magdalena ins Haus zurückkam, saß Patrick vor seinem Laptop am Esstisch. Er blickte kurz auf.

„Hallo", sagte er knapp.

„Tag", erwiderte Zoë. Ihr blieb der Gruß fast im Hals stecken. Ohne ersichtlichen Grund. Oder war es die spröde Art, wie er sie begrüßte, die ihr auf die Stimme schlug?

Das geht ja gut los, dachte Zoë.

„Meine Frau wird für ein paar Tage verreisen", sagte er, ohne den Blick vom Laptop zu heben. Er tippte etwas ein.

„Ich weiß, ich soll auf Magdalena aufpassen."

Patrick ging nicht darauf ein. Ungerührt fuhr er fort: „Wie du vielleicht schon bemerkt hast, leidet meine Frau an Depressionen. Sie ist nicht zurechnungsfähig und erst recht nicht in der Lage, ein Kind zu erziehen. Deshalb werde ich dafür sorgen, dass man ihr das Sorgerecht entzieht."

Was sollte das? Wieso erzählte er ihr solch einen Schwachsinn?

Zoë überlegte, ob sie protestieren und Claudia verteidigen sollte. Und selbst wenn Claudia unter Depressionen litt: Was ging sie das an? Sie wollte es nicht wissen.

Zoë fühlte sich jetzt schon so unwohl, dass sie nicht wusste, wie sie es mehrere Tage hier aushalten sollte, denn ganz offensichtlich war dieser Patrick viel häufiger zu Hause als gedacht.

Sie schwieg.

Claudia kam langsam die Treppe herunter.

„Ich hatte Kopfschmerzen", sagte sie an Zoë gewandt. „Deshalb bin ich schon zurück und habe mich hingelegt. Es waren einfach nur Kopfschmerzen, keine Depressionen."

„Warum sagst du das mir und nicht deinem Mann?", platzte Zoë heraus.

Im nächsten Moment fürchtete sie, dass Claudia ihr ihre Direktheit verübeln könnte.

Doch Claudia lächelte nur wieder entschuldigend und würdigte Patrick keines Blickes, während sie an ihm vorbei zur Küche ging und sich einen Espresso aufsetzte.

Patrick nickte Zoë anerkennend zu. Das war ihr unangenehm. Sie wollte nicht in den Streit der beiden hineingezogen werden.

„Von mir aus auch Kopfschmerzen. Nenn es, wie du willst", gab Patrick schroff zurück. „Und von mir aus bleib gleich in New York. Die Kleine vermisst dich genauso wenig wie ich."

„Wehe, ihr stößt irgendwas zu", sagte Claudia in scharfem Ton nun doch an ihren Mann gewandt. „Dann bist du dran."

Patrick lachte kurz auf, schob den Laptop beiseite, strich den Wallheimer Stadtanzeiger auf dem Tisch glatt und blätterte ihn durch.

Zoë wäre am liebsten auf der Stelle abgehauen. Claudia und Patrick benutzten sie als Publikum für ihre Eheprobleme. Sie wollte damit nichts zu tun haben.

Claudia schien zu spüren, wie unwohl Zoë sich fühlte.

„Zoë", sagte sie leise. „Wenn du willst, kannst du schon gehen." Sie nahm ein gerolltes Bündel Geldscheine aus ihrer Tasche im Flur und steckte es Zoë zu. „Für fünf Tage. Dann bin ich wieder zurück."

Zoë nahm Claudias Angebot dankbar an und machte sich auf den Weg nach draußen. Es war ihr egal, ob es unhöflich war, sich nicht von Patrick zu verabschieden, denn er nahm auch keine Rücksicht auf sie.

„Tut mir alles sehr leid", raunte Claudia ihr an der Haustür zu. „Aber mein Mann ist in den nächsten Tagen wirklich kaum da. Nur abends. Du schaffst das schon. Wenn was ist, rufst du mich von unserem Festnetz aus an. Ich melde mich, sobald ich in New York angekommen bin."

Zoë nickte. „Alles Gute für deine Mutter", sagte sie und verschwand eilig.

Zoë nahm sich vor, für die nächsten Tage ein paar Sachen zusammenzupacken, weil sie keine Lust hatte, zum Klamottenwechseln jeden Tag mit Magdalena bei ihren Eltern aufzutauchen. Am liebsten hätte sie ihnen gar nichts von ihrem ausgedehnten Babysitter-Job erzählt. Aber sie war erst sechzehn. Fast siebzehn. In jedem Fall nicht alt genug, um tagelang ohne Erklärung von zu Hause wegzubleiben.

Sie fuhr auf dem Rückweg an dem Fotogeschäft vorbei. Heute hatte sie genügend Geld für eine Kamera dabei, da konnte der junge Mann gucken, wie er wollte.

Diesmal sprang er sofort auf, als er Zoë hereinkommen sah.

„Hallo!", sagte er freundlich.

Sah er ihr an, dass sie Geld dabeihatte? Sah man ihr wirklich alles an?

„Tag", erwiderte sie. „Ich war neulich schon hier. Ich wollte mir ein paar Kameras ansehen."

„Na klar."

Eifrig begann der junge Mann, Zoë verschiedene Modelle zu zeigen und zu erklären. Allerdings, unter fünfhundert bekomme man nichts Vernünftiges, meinte er, also nichts Vernünftiges, wenn man Fotograf werden wolle. Oder Fotografin.

Zoë sah den jungen Mann an. Heute trug er keine Brille. Seine frisch gewaschenen langen Haare waren zu einem Pferdeschwanz zusammengebunden. Sie beneidete ihn um seine dunklen, dichten Wimpern. Um ihre eigenen so hinzubekommen, brauchte sie fünf oder sechs Mascara-Durchgänge. Mit kurzen Haaren würde er bestimmt ganz gut aussehen, dachte sie. Und: Woher weiß er, dass ich Fotografin werden will? Das weiß ja noch nicht mal ich selbst.

„Fünfhundert?", fragte sie enttäuscht.

Der junge Mann nickte.

Fünfhundert. Das war unheimlich viel Geld. Andererseits: In ihrer Hosentasche steckte doppelt so viel, und wenn sie Fotografin werden wollte ...

Sie suchte sich drei Modelle aus, die in die engere Wahl kamen.

„Bist du neu hierhergezogen? Ich habe dich schon ein paarmal hier vorbeigehen sehen."

„Ich bin nur Babysitterin, gehe mit der Kleinen im Park spazieren und so."

„Ach, deshalb." Der junge Mann lachte. Es klang seltsamerweise erleichtert. „Ich dachte schon, das Baby von neulich wäre deins."

Zoë prustete. Obwohl es ihr gefiel, dass man ihr schon ein Kind zutraute. „Nee, nee, das wohnt in der Hagedornstraße einundzwanzig ..." Und ich wohne in der Vogelsiedlung, lag Zoë auf der Zunge, aber sie sagte es nicht.

„Ach, das ist die Kleine von Körner!" Der junge Mann klang überrascht.

K. stand auf dem Klingelschild. Für Körner also.

„Kennen Sie die?", fragte Zoë.

„Ich bin Sebastian. Wenn du mich siezt, komme ich mir so alt vor." Er lächelte. „Also kennen ist vielleicht übertrieben. Der hat hier mal nach Kameras geguckt und sie dann wahrscheinlich woanders gekauft. Der hat ziemlich viel Geld gemacht mit seiner Firma, irgendwas mit Web und Design. Körner

Production oder so ähnlich. War mir aber ehrlich gesagt nicht besonders sympathisch."

„Mir auch nicht. Wie der seine Frau behandelt! Erklärt sie für depressiv und unfähig, ihr Kind zu erziehen. Die tut mir echt leid. Jetzt ist auch noch ihre Mutter schwer krank und sie muss nach New York und ich soll da jetzt wohnen und auf Magdalena aufpassen. Mir graust's schon, mit dem Typen nachts allein in dem Haus zu sein. Und mit seiner Firma läuft's wohl auch nicht mehr so toll, hat Claudia mir erzählt. Das ist seine Frau."

Sebastian nickte bedächtig.

Zoë atmete durch. Das hatte gutgetan, mal ein bisschen was loszuwerden von alldem, was sie in den vergangenen Tagen erlebt hatte. Auch wenn Claudia sie gebeten hatte, nichts zu erzählen, und sie diesen Sebastian nicht kannte. Aber er war ihr sympathisch, er würde es bestimmt für sich behalten.

„Na ja", sagte Sebastian seufzend. „Wo läuft's schon noch gut? Das ist alles relativ. Ich wette, der Körner hat trotzdem noch satt Kohle. Der hat sicher was auf die Seite geschafft. Um den mache ich mir jedenfalls keine Sorgen."

„Und der Laden hier ... ich meine, das Fotogeschäft? Ist bestimmt schwierig in dieser Gegend, oder?", hakte Zoë nach.

Sebastian lächelte traurig. Er braucht nur eine andere Frisur, dachte Zoë.

„Mein Vater ist schon ganz krank geworden vor

lauter Sorge. Dem bricht das Herz, wenn er den Laden aufgeben muss. Der hat schon meinem Opa gehört."

„Heißt das, ihr müsst dichtmachen?", fragte Zoë.

Sebastian zuckte die Schultern. „Soll ich dir die Kameras bis morgen zurücklegen?"

Er wollte ganz offensichtlich nicht weiter darüber reden.

„Ja, super, danke."

„Dann also bis morgen."

Zoë fühlte sich ohne ersichtlichen Grund beschwingt, als sie das Geschäft verließ. Nach ihrer Entdeckung im Park hätte sie vielmehr Anlass gehabt, den Rest des Tages wütend und traurig zu sein. Den Rest des Jahres. Vielleicht war es die Aussicht auf eine professionelle Kamera, die sie beflügelte. Endlich konnte sie sich etwas wirklich Wertvolles leisten.

Auf dem Weg kaufte sie einen bunten Rosenstrauß für ihre Mutter. Sie hatte ihr zuletzt vor einem halben Jahr an ihrem Geburtstag Blumen geschenkt. Ihre Mutter hatte sie sich wirklich verdient.

Nein, ich erzähle ihr nichts, dachte Zoë. Sie wird mir verbieten, bei diesen Leuten zu wohnen. Und Papa erst recht. Dann muss ich es heimlich machen, sagte sie sich, das Geld gebe ich jedenfalls nicht wieder her.

Beim Abendbrot holte sie ihre Entdeckung dann doch wieder ein, einfach so, während sie sich die Scheibe Graubrot mit Käse belegte. Lotte und Patrick. Lotte und ihr Ex. Wie oft hatte Lotte sich über Patrick lustig gemacht, ein Mamasöhnchen hatte sie ihn genannt. Und Patrick hatte mit Lotte nie etwas anfangen können. Hatte er zumindest gesagt. Inzwischen konnte er mit ihr offenbar ein ganze Menge anfangen.

Rosi rief an. Sie habe nichts davon gewusst, schwor sie ihr, aber Zoë glaubte ihr nicht.

„Ich werde für ein paar Tage verreisen", erklärte Zoë knapp.

„Echt? Und wohin?"

„Das erzähle ich dir, wenn ich zurück bin."

Damit beendete Zoë das Gespräch. Sie war stolz auf sich. Sie hatte sehr erwachsen geklungen.

„Dein Vater ist sich zu fein fürs Callcenter", schimpfte ihre Mutter, als sie ins Wohnzimmer kam. „Verstehst du, für mich ist der Job gut genug, aber der Herr ist sich zu fein!"

Ihr Vater saß im Trainingsanzug wie an jedem Abend nach dem Essen leicht vornübergebeugt in der Mitte des Sofas, trank Cola light und grunzte missmutig. Er trank ausschließlich Cola light und wurde immer dicker. Die Trainingsjacke sah lächerlich aus. Sie stammte aus der Zeit, als er sonntagnachmittags die Wallheimer Fußballjugend trainiert hatte. Abends war er nach Hause gekommen und hatte ihr vorgelesen. Als sie dafür zu alt geworden war, hatten sie regelmäßig zusammen Tatort geguckt. Zoë hatte gedacht, das würde immer so bleiben.

Jetzt saß ihr Vater schlecht gelaunt und unbeweglich auf dem Sofa, wenn er gerade mal nicht im Einkaufszentrum „andere Arbeitslose gucken" war. Jetzt feindeten ihre Eltern sich nur noch an, und sie war mittendrin. Zoë hasste es, zwischen den Fronten zu stehen. Hier war es auch nicht besser als bei Claudia und Patrick. Zoë hoffte, dass sie diesen Patrick wirklich nur selten zu Gesicht bekommen würde, denn dann wären ein paar Tage Auszeit von zu Hause genau das Richtige für sie.

Sie ging zurück in ihr Zimmer.

Ein großer weißer Briefumschlag lag auf ihrem Schreibtisch. Eine weitere Absage. Zoë hatte nur einen kurzen Blick darauf geworfen, als sie nach Hause gekommen war. Jetzt stopfte sie ihn ungeöffnet in den Müll. Die tausend Euro, ihren Verdienst für die nächsten fünf Tage, legte sie in die Blechdose in ihrer Schublade.

Am nächsten Morgen verließ Zoë mit ihrem vollgepackten Rucksack wenige Minuten nach ihrer Mutter das Haus. Wo ihr Vater steckte, wusste sie nicht. Sie hatte ihren Eltern nicht gesagt, dass sie ein paar Tage bei ihrem Babysitter-Job übernachten würde, sie hatte ihrer Mutter lediglich einen Zettel auf den

Küchentisch gelegt, dass sie ein paar gut bezahlte nächtliche Sonderschichten einlegen würde und über ihr Handy erreichbar sei. Im Übrigen wusste ihre Mutter ja, wo sie war. So ungefähr jedenfalls. Sie war also in keinem Fall einfach abgehauen, sie hatte nur nichts gesagt.

Sie hatte das Gefühl, als erwarte sie etwas Außergewöhnliches, als sie sich auf den Weg machte. Das war natürlich Unsinn. Sie hatte lediglich einen Babysitter-Job am anderen Ende der Stadt. Dennoch war ihr unwohl zumute, als sie aufs Rad stieg und losfuhr.

10

„Da bist du ja", begrüßte Claudias Mann sie voller Ungeduld. Er saß wieder am Esstisch vor seinem Laptop, klappte ihn zu, stand auf und ging an Zoë vorbei zur Haustür. „Magdalena schreit."

Das war nicht zu überhören.

„Schönen Gruß soll ich dir sagen. Bis heute Abend dann."

Damit verschwand er aus dem Haus. Kein freundliches Wort geschweige denn ein Angebot, ihn anzurufen, falls mit seiner Tochter irgendwas ist. Und Claudia saß den ganzen Tag im Flugzeug und war nicht erreichbar.

Der Wallheimer Stadtanzeiger lag in mehreren Teilen auf dem Esstisch. Zoë legte ihn ordentlich zusammen, bevor sie nach oben zu Magdalena ging. Vermutlich hatte sie Hunger. Oder die Windel voll. Irgendetwas störte Zoë. Als vermisste sie etwas.

Ihre Mutter rief an.

Zoë überlegte, ihr Handy einfach klingeln zu lassen. Sie hatte keine Lust, ihrer Mutter jetzt irgendetwas zu erklären. Ach nein, dachte sie, sie kann es ja noch gar nicht wissen, sie ist ja bei der Arbeit.

„Zoë!", begann ihre Mutter.

Sie zog das E lang. Sie war sauer.

„Zoë, was hast du dir dabei gedacht? Dein Vater hat mir von dem Zettel erzählt. Du kannst doch nicht einfach so abhauen!"

„Ich bin nicht abgehauen ...“, protestierte Zoë, doch ihre Mutter ließ sie nicht zu Wort kommen.

„Du kommst heute Nachmittag zurück, verstehen wir uns? Du bleibst dort nicht über Nacht.“

„Aber wieso denn nicht ...“

„Dein Vater ist stinksauer auf dich! Der denkt, wir sind dir jetzt nicht mehr gut genug, seit du zu den Herrschaften ins Speckviertel gehst ...“

„Aber Mama, das ist doch ...“

„Wir wissen ja nicht mal, wer diese Leute überhaupt sind! Nachher gehören die zur Mafia, und du bist mittendrin!“

„Jetzt hör aber auf!“, rief Zoë. „Du hast mir doch selbst gesagt, dass ich hier anrufen soll!“

„Aber wir kennen ja noch nicht mal den Namen!“

„Die heißen Körner, okay? Und sie muss zu ihrer schwer kranken Mutter nach New York. Und er ist sowieso nie da. Also müsst ihr euch auch nicht aufregen. Und wie du siehst, erreichst du mich ja!“

„Soll das heißen, du bist mit der Kleinen ganz allein? Und wenn was passiert?“

„Claudia hat mir ihre Telefonnummer dagelassen. Außerdem kommt der Vater jeden Abend zurück.“

„Unfassbar!“, regte ihre Mutter sich auf. „Was ist denn das für eine Mutter? Überlässt ihr Baby einer Sechzehnjährigen, die sie kaum kennt, und fliegt nach New York!“

„Ich bin fast siebzehn, Mama. Und was soll denn so schwer daran sein, auf ein Baby aufzupassen?

Claudia hat mir alles erklärt. Mach dir keine Sorgen."

„Wie man ein Baby pflegt, wie man es badet, welches Fläschchen und welchen Brei es zu welcher Tageszeit kriegt, was du machen musst, wenn du es nicht beruhigen kannst oder wenn es Fieber bekommt ... Hat sie dir das alles erklärt?"

Nein, das hatte Claudia nicht getan, so gründlich jedenfalls nicht. Zoë hatte einen Zettel von Claudia mit weiteren Hinweisen und Ratschlägen für die fünf Tage vermisst. Das war es gewesen, was sie gestört hatte. Sie hatte ihr nur einen Gruß über Patrick ausrichten lassen.

„Zoë, bist du noch da?"

„Ja, natürlich hat sie mir das alles erklärt", log Zoë. „Bitte, Mama, lass es mich wenigstens versuchen. Wenn ich nicht klarkomme, rufe ich dich an. Oder ich komme mit Magdalena vorbei."

Ihre Mutter seufzte unwillig. „Ich glaube, du solltest mal nachsehen, wieso die Kleine die ganze Zeit schreit. Und versprich mir, dass du mich wirklich anrufst, wenn was ist."

„Danke, Mama, mach ich, ganz bestimmt."

Im ersten Moment war Zoë erleichtert. Dann gingen ihr die Dinge durch den Kopf, die ihre Mutter gerade gesagt hatte. Nein, sie wusste nicht, wie sie Magdalena baden sollte. Sie hatte nicht einmal darüber nachgedacht, dass sie sie baden sollte. Aber es war natürlich logisch, dass sie innerhalb von fünf Tagen gebadet werden musste, möglicherweise sogar jeden Tag. Und ob Magdalena außer der Milch noch andere Nahrung bekam, wusste sie auch nicht.

Sie öffnete den Kühlschrank, aber sie fand keine Gläschen mit Babynahrung. Dann bekommt Magdalena auch nichts anderes als die Fläschchen mit Milch, das hätte Claudia mir gesagt, die lässt doch ihr Kind nicht hungern, beruhigte sie sich.

Sie ging endlich zur schreienden Magdalena nach oben, nahm sie aus ihrem Bettchen und wickelte sie. Magdalena strampelte wütend und schrie immer weiter. Sie hatte einen hochroten Kopf.

Zoë befühlte ihre Stirn. Zum Glück war sie nicht heiß.

„Hör endlich auf zu plärren", muffelte Zoë, während sie ihr angewidert den Po abwischte. „Sonst halte ich das wirklich nicht fünf Tage durch."

Als Zoë im Haus angekommen war, hatte es genieselt, deshalb hatte sie sich vorgenommen, heute nicht in den Stadtpark zu gehen. Doch nachdem sie Magdalena gefüttert hatte, kam die Sonne durch und beschien die eigentümlichen Gemälde an der Körnerschen Wand.

Kurzentschlossen zog Zoë die Kleine an, die ganz erschöpft vom Schreien und Trinken war, und machte sich auf den Weg in den Park. Sie hatte vor, wie versprochen im Geschäft vorbeizugucken und sich noch mal die drei zurückgelegten Kameras anzusehen. Doch die Tür war verschlossen ohne einen

Hinweis, weshalb. Zoë war enttäuscht. Vielleicht war dieser Sebastian krank geworden und hatte niemanden, der ihm ein Schild in die Tür hängte.

Sie steuerte auf die Parkbank zwischen den großen Büschen zu. Ein alter Mann saß dort am rechten Rand, er stützte sich auf einen Stock.

Zoë verlangsamte den Schritt.

Als der alte Mann sie mit dem Kinderwagen kommen sah, stand er auf und ging langsam davon.

Auch eine gute Methode, seinen Platz freizubekommen, dachte Zoë.

Die Parkbank war noch feucht vom Regen, obwohl die Sonne sie beschien. Magdalena schlief zum Glück. Zoë schob den Kinderwagen rechts neben die Bank, sodass Magdalena der Sonne abgewandt war. Sie zupfte die Stoffwindel aus der Kinderwagentasche, legte sie sich unter den Po und zündete sich eine Zigarette an. Dann schloss sie die Augen, genoss den leichten Schwindel nach dem ersten Zug, legte den Kopf in den Nacken und ließ sich von der Sonne wärmen.

Eine Weile gelang es ihr, an nichts zu denken, nicht an Lotte und Patrick, nicht an Claudias Eheprobleme, nicht an ihre streitenden Eltern.

Sie nahm einen weiteren tiefen Zug, ließ den Rauch durch den gespitzten Mund entweichen, streckte gähnend ihre Arme und drückte den Rücken durch.

Sebastian kam ihr in den Sinn. Wo war er? Sie würde fünf Tage lang zweimal an seinem Geschäft vorbeigehen, vielleicht sogar viermal, wenn sie mit Magdalena zusätzlich einen Nachmittagsspaziergang unternahm. Ja, viermal, sagte sie sich. Das erhöhte die Chancen, ihn wiederzusehen.

Sie blinzelte in die Sonne, öffnete die Augen ganz und legte ihre Finger auf die Wangen. Sie waren heiß. Sie musste vorsichtiger sein, um sich keinen Sonnenbrand zu holen. Sie ließ den Blick schweifen auf der Suche nach einer schattigen Bank.

Dann fuhr ihr ein scharfer Stich in den Magen.

Der Kinderwagen war weg.

Zoë guckte ungläubig auf die Stelle rechts neben der Bank, an der er eben noch gestanden hatte.

In der nächsten Sekunde stieß sie einen spitzen Schrei aus.

Ein Kleinkind und eine Frau auf dem Spielplatz guckten sich zu ihr um.

Zoë sprang auf und lief konfus um die Parkbank herum, blieb stehen, schaute um sich, rannte panisch den Sandweg am Spielplatz entlang, dann wieder zurück Richtung Bank. Sie rief der Frau mit dem Kleinkind zu: „Haben Sie den Kinderwagen gesehen?"

Die Frau schüttelte mit betroffener Miene den Kopf.

„Aber Sie müssen doch jemanden gesehen haben!", schrie Zoë die Frau an. Sie war den Tränen nah.

„Nein, ich habe niemanden gesehen! Ich habe mit meinem Sohn gespielt, tut mir leid!"

Wehe, der Kleinen stößt etwas zu!, sagte Claudias Stimme in Zoës Kopf. Und pass gut auf sie auf!, rief Patrick ihr zu. Nein, nein, nein, das träumst du nur. Das kann gar nicht sein.

Zoë lief zur Parkbank zurück und nahm die Stoffwindel auf. Die war sehr real. Sie sah die dünnen Reifenspuren im Sand, dort, wo der Kinderwagen noch vor einer Minute gestanden hatte. Die Reifenspuren sagten ihr: Nein, das ist kein Traum, das ist wahr, Magdalena ist weg.

Zoë schrie ihren Namen, was absurd war, Magdalena war ein Baby, sie würde nicht antworten. Zoë schrie ihn trotzdem, sie dachte nicht nach und lief schreiend den Weg entlang, den sie mit ihr hierhergekommen war. Ein Kinderwagen konnte nicht so schnell spurlos verschwinden, selbst wenn man ihn rennend vor sich herschob.

Hoffnung packte sie genau wie die Panik Sekunden zuvor, sie würde ihn kriegen, wenn sie nur schnell genug war.

Sie rannte so schnell sie konnte den ganzen Weg bis zum anderen Ende des Parks. Und wenn es der falsche Weg war? Sie würde ihn finden, sie musste nur schnell genug sein.

Zweimal stoppte sie kurz, hielt Spaziergänger an und keuchte: „Haben Sie einen Kinderwagen gesehen? Blau! Vor einer Minute!"

Die Spaziergänger schüttelten mit ratlosen Blicken die Köpfe und guckten ihr hinterher.

Zoë rannte weiter. Sie sprang hektisch winkend vor ein Rad.

Die junge Frau legte eine Vollbremsung ein und beschimpfte sie erschrocken.

Zoë holte Luft: „Ein Kinderwagen! Eben gerade!"

Die Frau schüttelte irritiert den Kopf.

Zoë ließ ihren Oberkörper hängen.

Scheiße, falsche Richtung, dachte sie, kam wieder hoch und rannte zurück.

Kurz vor der Parkbank entdeckte sie ihn, er stand in einem der Büsche, die den Park von der Straße trennten. Er war die ganze Zeit in der Nähe gewesen, und sie hatte ihn nicht gesehen.

Zoë schrie vor Erleichterung auf und stürzte auf den Kinderwagen zu.

Er war leer.

11

Zoë sackte vor dem Kinderwagen auf die Knie und weinte. Es glich eher einem Schreien und Jaulen. Passanten blieben stehen, einer berührte ihre Schulter. Sie schlug die Hand weg und fragte in derselben Sekunde schluchzend, ob er ein Baby gesehen habe. Jemanden, der mit einem Baby weggerannt sei.

Wieder bekam sie zur Antwort nur ratloses Kopfschütteln.

Ich muss Claudia anrufen, schoss es ihr durch den Kopf, doch dann fiel ihr ein, dass Claudia jetzt mitten über dem Atlantik im Flugzeug saß. Die Nummer ihres Mannes hatte sie nicht.

Sie stand auf, nahm die dicke Daunendecke hoch, als könnte Magdalena sich darunter versteckt und sich nur einen dummen Scherz mit ihr erlaubt haben, stopfte die Decke in den Kinderwagen zurück und schob ihn langsam vor sich her.

Das ist ein Albtraum, dachte sie, weiter nichts. Gleich lacht Magdalena mich unter der dicken Decke an. Ich träume immer so verdammt realistisch. Aber gleich wache ich auf. Wie immer. Wie bei dem Streit mit Papa. Als er auf mich los ist. Total realistisch. Wie jetzt. Aber natürlich Quatsch. Er hat die Hand gehoben und ich bin aufgewacht. Ich wache gleich auf.

Zoës Beine schritten ohne Ziel mechanisch voran durch den Park zur Kreuzung und weiter geradeaus.

Sie bog nicht ab zur Hagedornstraße. Es war kein Entschluss, den sie fasste, sie ging nur einfach nicht zurück, sondern immer weiter die große Straße entlang, an deren Ende das riesige Einkaufszentrum lag.

Als sie die Seitenstraße überquerte, schoss ein Radfahrer von links auf sie zu und prallte gegen den Kinderwagen.

Zoë ließ den Kinderwagen los und sprang zurück. Der Radfahrer bremste scharf, stürzte fast, fing sich und sein Rad aber in letzter Sekunde ab und kam zum Stehen. Der Kinderwagen rollte auf die gegenüberliegende Straßenseite, stieß gegen den Bordstein und kippte um.

Zoë bemerkte den entsetzten Blick des Radfahrers. Sie hatte sogar genügend Zeit, sich zu überlegen, ob er jetzt wohl abhauen würde oder nicht. Ohne Eile ging sie auf den Kinderwagen zu und richtete ihn auf.

„Um Himmels willen!", schrie der Radfahrer, ohne sich von der Stelle zu rühren. „Um Himmels willen!"

Er kam mit seinem Rad auf sie zu.

Zoë wehrte ihn ab. „Nichts passiert."

Sie ging mit dem Kinderwagen weiter.

„He!", rief der Radfahrer. Und dann noch einmal, etwas hilfloser: „He!"

Entfernt hörte Zoë die kleine Melodie. Ich kann

jetzt nicht telefonieren, sagte sie sich. Ich will jetzt aufwachen.

Sie schob den Kinderwagen durch die gläserne Automatiktür ins Innere des Einkaufszentrums. Lärm empfing sie, eine Mischung aus Stimmengewirr und Endlosmusik.

Sie blieb stehen und blickte zur Galerie hinauf. Dort oben war das Café. An der Balustrade saß manchmal ihr Vater und guckte, wer kam und wer ging.

Einen winzigen Moment lang wünschte Zoë sich, ihn auch jetzt dort oben zu sehen. In Notsituationen hatte er schon immer gewusst, was zu tun war. Mit sieben Jahren hatte sie mit dem Messer im Toaster nach der zweiten Brothälfte gefischt, da hatte er als Erstes den Stecker gezogen und sie erst danach angeschrien. Und im letzten Sommer hatte er eine Sekunde nach dem Wespenstich den Stachel aus ihrem Oberarm gesaugt.

„Der Wickelraum ist hinten links", sagte eine ältere Frau mit geflochtenen grauen Haaren, die kunstvoll zu einem Dutt gewunden waren. Auch sie schob einen Kinderwagen vor sich her. Sie nickte Zoë freundlich zu und ging an ihr vorbei.

Zoë reagierte nicht. Sie wusste plötzlich, dass der Albtraum Wirklichkeit war. Sie musste nicht noch einmal unter der dicken Decke nachsehen. Der Kinderwagen war leer. Magdalena war verschwunden.

Die Panik kehrte zurück, doch sie schrie und rannte

nicht wie im Park. Sie stand hinter der Automatiktür, die Hände auf dem Kinderwagengriff, und rührte sich nicht. Die Tränen liefen ihr übers Gesicht. Wer klaut denn ein Kind? Die Frage ging ihr wieder und wieder durch den Kopf. Die Frau mit der rosa Filzmütze und dem albernen Bommel obendrauf fiel ihr ein. Wer weiß, was für Psychopathen rumlaufen, hatte sie gesagt. Zoë hatte sie für überspannt gehalten, aber sie hatte recht. Sie hatte verdammt noch mal recht. Menschen, die fremde Babys raubten. Frauen, die ihr eigenes Kind während der Schwangerschaft verloren und ein fremdes als ihres ausgaben. Es sogar behandelten, als wäre es ihr eigenes. Es genauso liebten. Das gab es. So was Verrücktes gab es. Aber wieso passierte es ausgerechnet ihr? Wie sollte sie das jemals erklären? Ich habe nur ein paar Sekunden meine Augen geschlossen und schon war Magdalena weg? Wer sollte das glauben? Als hätte sie jemand in den letzten Tagen beobachtet und auf diesen Moment gewartet. Das war doch absurd.

„Junge Dame, Sie stehen hier mitten im Weg", sagte eine alte Frau in vorwurfsvollem Ton. Sie zog auf einen Rollator gestützt kopfschüttelnd an ihr vorbei. Zoë ging weiter, wieder einfach nur geradeaus. Sie schob den Kinderwagen langsam vor sich her durch die breiten Gänge, ohne auf die Schaufenster zu achten, die sich rechts und links aneinanderreihten. Ihr Blick hatte kein Ziel, die Tränen ließen alles verschwimmen. Sie selbst hatte kein Ziel, sie wusste nicht wohin, sie war allein und vollkommen ratlos. Vielleicht sollte sie zur Polizei gehen. Ja, sie sollte zur Polizei gehen. Aber was erzählte sie denen? Die Mutter des Kindes sitzt im Flugzeug nach New York und die Nummer des Vaters habe ich nicht? Am Ende geriet sie selbst in Verdacht. Eine Erpressung vielleicht. Sie wusste ja, dass bei Magdalenas Eltern Geld zu holen war. Und ihr Vater war seit einem Jahr ohne Job. Das passte alles zusammen. Nein. Lieber nicht zur Polizei.

Sie putzte sich die Nase, trocknete sich die Tränen von den Wangen und tippte die Nummer ihrer Mutter. Sie hatte ihr versprochen, sich zu melden, wenn was ist. Und jetzt war eine Katastrophe passiert.

Während sie ihr Handy ans Ohr hielt, entdeckte sie die ältere Frau mit dem Dutt, die mit einem Kinderwagen an ihr vorbeigegangen war. Die Frau blieb in einiger Entfernung vor dem Reformhaus stehen, stellte die Bremse des Kinderwagens fest und ging ins Geschäft.

„Hallo? Zoë?", drang die Stimme ihrer Mutter aus dem Hörer. „Hallo! Wo bist du denn?"

Zoë drückte die Verbindung weg und ließ das Handy langsam sinken.

Wie von einem unsichtbaren Faden gezogen steuerte sie Magdalenas Kinderwagen auf das Reformhaus zu, stoppte neben dem fremden Kinderwagen, hielt eine Sekunde inne, griff dann, ohne sich umzusehen, mit beiden Händen unter die fremde Decke nach dem fremden Kind und legte es in Magdalenas Wagen.

Das Baby versank in der Decke.

Dann ging sie schnellen Schrittes mit dem Kinderwagen davon.

Draußen rannte sie fast in Richtung Stadtpark, das fremde Kind strampelte auf Magdalenas Decke und fing an zu weinen.

Nicht weinen, bitte nicht weinen!, flehte sie das kleine Bündel stumm an, wir sind ja gleich da!

Im Park verlangsamte sie ihren Schritt. Die Bank, auf der sie gesessen hatte, war von ein paar Jugendlichen besetzt. Ihr Handy klingelte. Sie ignorierte es.

Sie hielt an einer Bank am Weg und starrte auf das Kind, das auf eine jammervolle, unglückliche Art weinte, als ahnte es, dass es entführt worden war.

„Bitte, bitte hör doch auf zu weinen", flüsterte Zoë. Sie drückte die Decke an den Seiten zurück und betrachtete das Baby ängstlich. Es war mit einem weißen Strampelanzug und einem gelben Jäckchen bekleidet. Die weiße, wollene Mütze war rundherum mit bunten Bärchen bestickt. Bitte lass es ein Mädchen sein, schoss es Zoë dumpf durch den Kopf.

Mit zitternden Händen hob sie das Baby hoch und legte es unter die Decke. Es kam ihr schwerer vor als Magdalena. Nicht größer, nur schwerer. Vielleicht bildete sie sich das auch nur ein. Und es weinte anders, nicht schrill und krähend wie Magdalena, sondern kläglicher, wenn auch nicht weniger durchdringend. Es weinte auf eine herzzerreißende Art.

Zoë berührte mit einem Finger vorsichtig das kleine Gesicht, zog ihn aber gleich wieder zurück, denn er zitterte so sehr, dass sie fürchtete, das kleine Wesen zu verletzen.

Das Gesicht fühlte sich warm an. Vom Weinen vermutlich, dachte Zoë.

Sie spürte, wie ihre Kraft sie verließ. Ihre Beine fühlten sich weich an, sie wollten sie nicht mehr tragen, sie musste sich setzen. Sie schaffte es gerade noch, den Kinderwagen so zu stellen, dass das fremde Baby dem Wind und der Sonne abgewandt war, dann ließ sie sich auf die Parkbank sinken.

Es gelang ihr erst nach mehreren Versuchen, sich eine Zigarette anzuzünden. Sie zitterte jetzt am ganzen Körper. Sie presste die Zigarette zwischen ihre Lippen und stopfte ihre Hände unter den Po. Aber das Zittern hörte nicht auf.

Scheiße, dachte sie, was habe ich getan?

12

Polizeisirenen sausten an ihren Ohren vorbei. Mehrere kurz hintereinander. Fünf oder sechs. So viel Aufwand für ein verschwundenes Baby. Ich bringe es doch sofort wieder zurück. Sobald Magdalena wieder aufgetaucht ist. Vielleicht ist sie genauso verschwunden. Vielleicht ist alles nur eine Art Kettenreaktion.

Die Sirenen hallten in ihrem Kopf nach. Es wurden immer noch mehr. Zoë konnte durch die Bäume einen vorbeirasenden Krankenwagen erkennen. Wahrscheinlich galt er der Frau. Vielleicht war es die Oma. Vielleicht hatte sie vor lauter Schreck einen Herzinfarkt bekommen, und sie, Zoë, wäre schuld.

Ich bring's doch wieder zurück, dachte Zoë.

Sie trat die Zigarette aus und stand langsam auf. Das Zittern war verschwunden, aber ihre Beine fühlten sich immer noch weich an.

Das fremde Baby weinte. Es hatte einen hochroten Kopf.

Zoë hielt sich die Ohren zu.

„Bitte, bitte hör auf. Ich bringe dich doch wieder zurück."

Sie machte sich auf den Weg zur Hagedornstraße.

Ja, so wird es sein, sagte sie sich. Magdalena ist nur für kurze Zeit verschwunden. Eine Verzweiflungstat. Wie ihre. Es wird sich alles klären.

Zoë klammerte sich an diese Hoffnung. Nur wohin sollte Magdalenas Entführer Magdalena zurückbringen?

Ihr Herz klopfte wie verrückt.

Zur Parkbank. Natürlich. Der Entführer würde Magdalena zur Parkbank zurückbringen. Er oder sie. Zoë beschloss, jeden Tag dort zu warten, den ganzen Tag, auch bei Regen, egal. Doch was, wenn er oder sie Magdalena in den Kinderwagen zurücklegen wollte und das fremde Baby entdeckte? Was wollte sie überhaupt mit dem Kind? Was hatte sie getan?

Zoë kam am Fotogeschäft vorbei und erschrak, denn Sebastian klopfte von innen gegen die Scheibe.

Er winkte und öffnete kurz darauf die Tür.

Zögernd hielt Zoë an. Sie wollte jetzt mit niemandem reden. Sie würde ihm sagen, dass ihr übel sei und dass sie Kopfschmerzen habe.

„Hallo!"

Zoë lächelte gequält. „Hallo."

„Alles okay?"

„Ja. Das heißt, nein. Ich fühl mich nicht gut."

„Oh, das tut mir leid."

„Wo warst du denn vorhin?"

Sebastian guckte sie an, als hätte sie ihn bei etwas Verbotenem ertappt. „Ich war nur mal kurz weg."

Zoë nickte und wollte weiter.

„Und die Kleine? Alles okay?"

Zoë sah ihn an. „Wieso?"

„Nur so."

„Was soll denn nicht okay sein?"

„Nichts, ich meine, ich weiß nicht, weil du so ... erschrocken aussiehst. Irgendwie."

„Ich sehe nicht erschrocken aus. Mir ist nur schlecht", gab Zoë leise zurück und ging weiter.

„Also dann."

„Wie heißt du denn eigentlich? Ich weiß ja nicht mal, wie du heißt!", rief er ihr hinterher.

Zoë wandte sich um. „Zoë!"

„Wie?"

„Zett, o, e! Mit zwei Punkten oben drauf!"

Sebastian nickte, aber er machte nicht den Eindruck, als hätte er ihren Namen verstanden.

Wenn du wüsstest, was mir passiert ist, dachte sie. Die Versuchung war groß gewesen, ihm alles zu erzählen.

Wie sollte sie das, was geschehen war, denn auch für sich behalten können? Sie musste es jemandem erzählen. Sie hielt es nicht aus.

Aber nicht Sebastian, den kannte sie ja kaum.

Wenn Claudias Mann jetzt zu Hause ist, erzähle ich ihm, was passiert ist, sagte sie sich. Und das fremde Kind bringe ich ins Einkaufszentrum zurück, sobald die Polizei abgezogen ist.

Ihr war tatsächlich übel, als sie das Tor zur Hagedornstraße einundzwanzig aufschloss und den Kinderwagen den Kiesweg zum Haus entlangschob. Sie ließ ihn draußen unter dem Vordach stehen, öffnete leise die Haustür und lauschte.

Und wenn er nicht zu Hause ist? Was mache ich dann?, fragte sie sich.

Dann erzähle ich es ihm, wenn er kommt.

Sie schlich in den Flur, als wäre sie eine Einbrecherin. Es war alles still.

„Hallo?", rief sie zögerlich. Dann noch einmal etwas lauter: „Hallo!"

Sie bekam keine Antwort.

Das fremde Baby weinte unter dem Vordach.

Zoë stopfte sich die Finger in die Ohren. Sie wollte dieses jämmerliche, herzerweichende Weinen nicht hören. Sie wurde wütend.

„Hör auf zu jaulen, verdammt!", schrie sie in Richtung Haustür.

Dann fing sie selbst an zu weinen. Sie schluchzte laut auf. Sie ließ sich auf einen Stuhl sinken, legte ihre Stirn auf den Tisch und verbarg ihren Kopf in ihren Armen.

Ihre Mutter rief an. Sie hatte mehrfach versucht, sie zu erreichen, nachdem Zoë sie im Einkaufszentrum einfach weggedrückt hatte.

Wie gern hätte sie ihr alles erzählt. Doch was konnte ihre Mutter schon tun? Sie würde ihr nur zu dem raten, was sie ohnehin vorhatte, das Kind so schnell wie möglich zurückzubringen.

Nein, ich werde niemandem davon erzählen, entschied Zoë. Ich werde das Baby zurückbringen, und nach einer Weile wird mir alles vorkommen wie ein sehr realistischer Traum, nie passiert, nur geträumt.

Sie ließ das Handy klingeln.

Das fremde Baby tat ihr leid. Wahrscheinlich hatte es Hunger und die Windeln voll. Zoë beschloss, es zu wickeln und ihm ein Fläschchen zu machen, bevor sie es ins Einkaufszentrum zurückbringen würde.

Ich warte noch eine Stunde, dann werde ich es in den Wickelraum legen, da kommen ständig Mütter vorbei. Dieser Entschluss beruhigte sie etwas.

Sie machte Wasser für das Fläschchen heiß.

„Sag mal, spinnst du?"

Zoë fuhr herum.

„Die Kleine steht draußen im Regen!"

Patrick machte langsame Schritte auf Zoë zu. Die Fäuste hatte er in die Hüften gestützt. Er baute sich bedrohlich vor ihr auf. Zoë ahnte, wie Claudia sich in der Küchenecke gefühlt haben musste.

„Im Regen?", fragte sie heiser.

„Ja, im Regen!"

Zoë drückte sich an Patrick vorbei in den Flur. Sie rannte zur Tür. Es hatte tatsächlich wieder angefangen zu regnen, aber der Kinderwagen hatte unter dem Vordach bislang zum Glück keinen Tropfen abbekommen.

Zoë schob den Wagen ins Haus. Wieso, fragte sie sich, hat Patrick es nicht sofort selbst getan, wenn er doch annehmen muss, dass seine Tochter im Wagen liegt und sich eine Erkältung holt?

Mechanisch hob Zoë das kleine Bündel aus dem Wagen. Erst als sie es bereits im Arm hielt, bemerkte sie, was sie tat, und legte es wieder in den Wagen zurück. Patrick würde sicher bemerken, dass es nicht Magdalena war, sie konnte das kleine Wesen, wie auch immer es heißen mochte, nicht einfach an ihm vorbeitragen, als wäre alles normal.

Das Baby weinte und weinte.

„Was ist?", fuhr Patrick sie an. „Willst du sie den ganzen Tag da drin weinen lassen?" Er setzte sich mit einem Glas Cola an den Esstisch und klappte seinen Laptop auf. Er sah sie auffordernd an.

Ich sag's ihm jetzt, beschloss Zoë.

„Bring Magdalena bitte endlich nach oben und sorg dafür, dass sie aufhört zu plärren!"

Zoë nahm das weinende Baby auf den Arm. „Ich muss Ihnen ... das ist gar nicht ...", stotterte sie.

„Ich muss arbeiten, siehst du das nicht? Also bitte, wozu hat meine Frau dich engagiert? Sicher nicht, damit du mich nervst." Er wandte den Blick dem Monitor zu und wirkte nicht mehr ansprechbar.

Sie würde noch warten. Wenn sie ihm in dieser Situation erzählte, was geschehen war, würde er ausrasten und sie der Polizei ausliefern. Vor allem aber würde er ihr die alleinige Schuld an Magdalenas Verschwinden geben. Und das fremde Baby brach ihr das Genick.

Zoë trug das kleine Wesen dem Esstisch abgewandt an Patrick vorbei zur Treppe. In diesen Sekunden roch sie es.

„Warte!", rief Patrick, stand auf und kam um den Tisch herum auf sie zu.

Zoë blieb fast das Herz stehen.

„Vielleicht kann ich meine kleine Prinzessin ja beruhigen", sagte er völlig unerwartet mit diesem dümmlichen Grinsen und streckte beide Arme aus.

Claudia hatte sie vorgewarnt, dass ihr Mann impulsiv und launisch sei, aber Zoë war in diesem Moment trotzdem vollkommen unvorbereitet und ratlos, wie sie reagieren sollte. Wie sie jetzt noch verhindern konnte, dass er den Schwindel bemerkte. Dabei hätte sie vor wenigen Sekunden beinahe selbst alles verraten.

Sie presste das fremde Baby an sich und drückte den kleinen Kopf an ihre Schulter. Er fühlte sich heiß an.

Patrick beugte sich mit gespitzten Lippen zu dem Baby herab.

Zoë schloss die Augen. Ich will nach Hause, dachte sie. Ich will, dass das hier vorbei ist.

Im nächsten Augenblick fuhr Patrick schaudernd zurück. „Puh! Bring sie nach oben!" Er fächerte sich mit der Hand Luft zu und ging zum Esstisch zurück. „Verdammte Scheiße noch mal", sagte er leise und war gleich darauf wieder hinter seinem Laptop verschwunden. „Wenn du sie gewickelt hast, geb ich

ihr das Fläschchen, okay?", fügte er ohne aufzuse-
hen hinzu.

Zoë nickte, während sie mit dem fremden Baby die
Stufen hochstieg. Sie glaubte, sich jeden Moment
übergeben zu müssen von dem Gestank.

„Ob das okay ist!", rief Patrick ihr in scharfem Ton
hinterher.

„Ja!", antwortete Zoë mühsam, schloss die Tür zu
Magdalenas Zimmer hinter sich und legte das Baby
auf der Wickelkommode ab.

„Gleich bringe ich dich zurück, versprochen", flüsterte sie dem stinkenden Bündel zu. „Gleich wird
alles wieder gut."

13

Zoë rieb sich Tigerbalsam unter die Nase, das half einen Moment. Das fremde Baby war ein Mädchen, stellte sie erleichtert fest. Obwohl es eigentlich keine Rolle mehr spielte, denn sie würde die Kleine ja sofort nach dem Wickeln zurückbringen. Sie musste sich nur etwas ausdenken, wie sie Patrick davon abhalten konnte, sie zu füttern.

Die Kleine jammerte und jaulte, es klang erbärmlich. Zoë befühlte ihre Stirn. Sie war heiß. Die Kleine hatte ganz sicher Fieber. Das auch noch, dachte Zoë. Ich habe ein krankes Kind geklaut.

Und zwischendurch, immer wieder für ein paar Sekunden, fiel ihr Magdalena ein, hörte sie sie schreien, sah sie ihre großen Augen und wie sie sie anlächelte. Wo war sie? Wer kümmerte sich um sie? Kümmerte sich jemand um sie? Oder war sie schon wieder abgelegt worden. Auf der Parkbank?

Zoë hatte das Gefühl, dringend zur Parkbank laufen und nachsehen zu müssen, ob Magdalena dort lag.

„Was ist jetzt? Bringst du mir die Kleine oder soll ich hochkommen?", rief Patrick von unten.

„Nein, nein, ich ..."

Sie musste es verhindern.

„Sie hat Fieber! Sie ist ganz heiß!"

Wie konnte sie nur so etwas sagen? Jetzt würde er ganz sicher raufkommen, um nach seiner Tochter zu sehen, weil er besorgt sein musste, er war der Vater.

„Kein Wunder, wenn du die Kleine im Regen stehen lässt! Jetzt hat sie sich erkältet!", rief er.

Ich sage es ihm. Jetzt.

Zoë schloss mit Mühe den Klettverschluss der Windel. Sie war etwas zu klein, und das fremde Baby schien das auch zu spüren, denn es versuchte, sich strampelnd daraus zu befreien. Aus dem Jammern und Jaulen wurde ein trotziges Weinen. Doch das war Zoë egal. Jeden Moment würde Claudias Mann in der Tür stehen, um nach seiner Tochter zu sehen, und den Schwindel bemerken. Dann war sie dran. Es war nur noch eine Frage von Sekunden.

„Okay, ich geh dann mal wieder, sonst steck ich mich noch an! Wird heute spät!", rief Patrick hoch, und tatsächlich fiel kurz darauf die Haustür ins Schloss.

Zoë ließ sich erleichtert in den Ohrensessel sinken, der in einer Ecke unter der Dachschräge stand und wahrscheinlich zum Stillen dorthin gestellt worden war. Der Typ ist doch nicht ganz dicht, dachte sie. Der ist doch vollkommen durchgeknallt. Und so einer darf Kinder erziehen.

Sie wartete noch eine Weile ab und wiegte das fremde Baby in ihren Armen in der Hoffnung, es beruhigen zu können. Doch die Kleine hörte immer nur für wenige Sekunden auf zu weinen, als müsste sie Kraft schöpfen, um wieder anfangen zu können. Sie tat Zoë furchtbar leid. Sie war eindeutig krank, und es gab niemanden, der ihr helfen konnte.

Und wenn ich die Kleine vor einer Arztpraxis ablege?, überlegte Zoë. Ich könnte Lotte fragen, ihr Onkel ist praktischer Arzt ...

Sie verwarf den Gedanken. Lotte schied aus. Und ihr Ex-Patrick auch. Obwohl er gewusst hätte, was jetzt zu tun war. Genau wie ihr Vater hatte auch er in schwierigen Situationen immer die Ruhe bewahrt und vernünftig reagiert. Selbst wenn es zunächst nicht immer danach ausgesehen hatte, wie vor drei Monaten, als sie spät abends auf dem Weg vom Kino nach Hause auf die Gruppe betrunkener Fußballfans getroffen waren. Sie war mit Patrick unter einem Baugerüst hindurchgegangen, die anderen kamen ihnen entgegen. Es gab keine Ausweichmöglichkeit nach rechts oder links. Zwei aus der Gruppe hatten Fahnen dabei und fingen schon in einiger Entfernung an zu pöbeln und die Fahnen wie Schwerter zu schwenken. Da hatte Patrick Zoë urplötzlich an der rechten Hand gepackt, sie angeschrien: „Du blöde Kuh! Komm sofort wieder mit!", war umgedreht und hatte sie hinter sich hergezogen. Natürlich hatte sie vor lauter Schreck und Empörung heftig protestiert. Als sie unter dem Baugerüst endlich hervorkamen, war Patrick mit ihr auf die andere Straßenseite in eine Gasse gelaufen und hatte den Finger auf ihren Mund gelegt. Die betrunkenen Fußballfans torkelten grölend die Hauptstraße entlang, ohne sich nach ihnen umzusehen. Da hatte Zoë verstanden. Wären sie einfach so abgehauen, hätte die pöbelnde Horde das als Aufforderung begriffen, ihnen hinterherzurennen. Ein Pärchen im Streit hingegen war für sie uninteressant. In diesen Minuten war Patrick ihr Held gewesen. Sie hatten noch lange in der Gasse gestanden und sich geküsst.

Doch jetzt war sie allein. Es gab keinen Patrick, der ihr helfen konnte. Es gab niemanden, der ihr helfen konnte. Sie hatte sich selbst in eine völlig absurde Situation gebracht. Was war nur in sie gefahren? Als wenn die Tatsache, dass Magdalena verschwunden war, nicht schlimm genug gewesen wäre. Jetzt hatte sie auch noch ein fremdes, fiebriges Baby am Hals.

Zoë gab dem unglücklichen kleinen Bündel das Fläschchen und schaffte es, dass es sich ein wenig beruhigte. Obwohl es kaum trank.

„Wenn ich krank bin, habe ich auch kaum Appetit", sagte Zoë leise zu der Kleinen.

Im Gegensatz zu Magdalena mit ihrem dunklen Haarschopf hatte sie nur wenige dunkle Haare, und die Augen waren kleiner und von hellerem Braun.

Woher hatte Magdalena so viele dunkle Haare und die großen braunen Augen? Claudia und ihr Mann waren blond. War wie bei ihr selbst ein südländischer Vorfahre der Grund? Oder ...

Nein, Claudia war treu, davon war Zoë überzeugt.

„Ich bringe dich jetzt zurück", sagte sie zu der Kleinen, die in diesem Augenblick einen Teil der Milch auf ihren Ärmel sabberte. Zoë legte sie in den Wagen und wischte den Ärmel ab. Das Sabbern ekelte sie.

Wieder liefen ihr Tränen über die Wangen. Sie unterdrückte ein Schluchzen für den Fall, dass Claudias Mann unbemerkt ins Haus zurückgekommen war.

Es war absurd. Jetzt endlich war das fremde Kind still, und jetzt weinte sie.

Die Kleine sah sie an.

„Entschuldige", schniefte Zoë leise über den Wagen gebeugt. „Entschuldige. Ich verspreche dir, es wird alles wieder gut."

Zoë wählte einen anderen, etwas längeren Weg zum Einkaufszentrum, denn sie wollte vermeiden, am Fotogeschäft vorbeizugehen und Sebastian zu treffen. Sie hatte keine Lust auf Nachfragen. Wie geht es dir? Geht's dir wieder gut? Sie wollte niemandem begegnen, solange sie das fremde Kind bei sich hatte.

Es war inzwischen Nachmittag, sie hatte seit dem Frühstück nichts gegessen und fühlte sich schlapp. Aber sie war auch nicht hungrig. Sie steckte sich auf dem Weg eine Zigarette an, doch nach wenigen Zügen trat sie sie aus, weil ihr auf unangenehme Weise schwindelig wurde. Vielleicht hatte sie sich ja bei der Kleinen angesteckt. So leid ihr das glühende fremde Kind tat, so froh war sie, es so schnell wie möglich wieder loszuwerden. Wie hatte sie nur so etwas

Schreckliches tun können? Niemand durfte davon erfahren. Niemals.

Vor dem Einkaufszentrum blieb sie stehen. Irgendetwas hielt sie davon ab hineinzugehen. Sie bemerkte zwei Männer, die links und rechts im Inneren hinter der gläsernen Automatiktür standen und die Schaufensterauslage betrachteten. Sie rührten sich nicht vom Fleck. Hatten die heute Vormittag auch schon dort gestanden? Waren das Polizisten in Zivil mit dem Auftrag, jeden Besucher mit Baby zu kontrollieren? Oder litt sie schon unter Verfolgungswahn?

Zoë wendete den Kinderwagen und ging langsamen Schrittes wieder zurück Richtung Altstadt.

Wohin jetzt?, dachte sie. Was mache ich jetzt mit der Kleinen?

Vor dem Ärztehaus am Rande der Altstadt blieb sie stehen. Es herrschte reger Betrieb. Auf unauffällige Art konnte sie die Kleine hier nicht ablegen. In einer der Arztpraxen auf die Toilette zu gehen und sie dort zurückzulassen, war auch keine gute Idee, denn man würde sie sehen und im Zweifelsfall wiedererkennen.

Während Zoë den Tränen nah hin und her überlegte, wohin mit der Kleinen, ging die große hölzerne Tür zum Ärztehaus auf und Rosi kam ihr entgegen.

„Zoë! Wo bist du denn immer? Bist nicht mehr sauer, okay? Ich hab wirklich von überhaupt nichts gewusst, ich schwöre es dir hoch und heilig. Ich hab dich angerufen vorhin. Ist das die Kleine?"

Unter normalen Umständen wäre das eine idiotische Frage gewesen. Wie berechtigt sie war, behielt Zoë für sich.

Rosi steckte den Kopf in den Wagen. „Süüüüß! So süß! Aber die ist irgendwie ganz rot, kann das sein? Warte mal." Sie befühlte den kleinen Kopf. „Die hat Fieber! Und dann lässt die Mutter dich mit ihr spazieren gehen?"

Zoë wünschte, Rosi würde einfach wieder verschwinden.

„Was ist los? Geht's dir nicht gut? Die hat dich bestimmt angesteckt. Ich stecke mich immer bei kleinen Kindern an. Bei Erwachsenen nie, aber bei Kindern. Wollen wir einen Kaffee trinken gehen? Ich brauch jetzt 'ne Stärkung. Die haben mir drei Ampullen Blut abgezapft. Generalcheck. War die Idee meiner Mutter. Vorher ging's mir super. Jetzt bin ich völlig schlapp."

Sie lachte und boxte Zoë sanft in die Seite. „He, du bist ja immer noch sauer. Aber wenn ich dir doch sage, ich hab nichts gewusst! Ich finde das genauso bescheuert wie du. Lotte und Patrick, das ist der Witz des Jahrhunderts! Weißt du, wie sie immer über ihn hergezogen hat? Na klar weißt du das. He, jetzt sei doch nicht so. Was ist denn los? Du siehst total scheiße aus, wenn ich das sagen darf. Ich glaube, du solltest auch mal zum Check."

Zoë nickte und versuchte ein Lächeln. „Sei mir nicht böse, aber ich muss jetzt weiter."

Sie ließ Rosi stehen und schob den Kinderwagen schnellen Schrittes vor sich her. Dann rannte sie fast durch die Fußgängerzone zum anderen Ende der Altstadt. Sie hatte keine Ahnung, wohin mit sich und der Kleinen.

14

Sie ging in den Park. Ihr Herz pochte, als sie sich der Bank näherte, auf der sie am Vormittag gesessen hatte. Sie war leer. Keine Magdalena weit und breit. Nur sie und das leise vor sich hinwimmernde fiebrige Baby, dessen Namen sie nicht kannte und das jetzt irgendjemand ganz schrecklich vermisste.

Einen Moment lang spielte sie mit dem Gedanken, es in die dicke Daunendecke gehüllt auf die Parkbank zu legen. Vielleicht hätte sie es getan, wenn es gesund gewesen wäre. So aber brachte sie es nicht übers Herz.

Sie machte sich auf den Weg zurück zur Hagedornstraße. Ohne groß darüber nachzudenken, schlug sie diesen Weg ein, den Weg zu Magdalenas Zuhause. Erst als das Fotogeschäft in Sichtweite kam, fragte sie sich, was sie eigentlich tat. Sie könnte die Kleine vor die Tür des Fotogeschäftes legen. Sebastian würde sich sicher gut um sie kümmern. Nein, ein Kind vor einem Geschäft abzulegen war viel zu riskant. Sie könnte es im Kinderwagen vor sein Schaufenster stellen. Aber nicht jetzt, er durfte sie natürlich nicht sehen. Morgen in aller Frühe, bevor er das Geschäft aufschließen würde. Und während er sich noch um das Kind kümmerte, säße sie schon bei der Polizei, um Magdalenas Verschwinden zu melden. Auf diese Weise hätte es die Polizei innerhalb kurzer Zeit gleich mit zwei vermissten Babys zu tun und würde wahrscheinlich eine organisierte Menschenhändlerbande dahinter vermuten. Die Eltern der fiebrigen Kleinen könnten ihr Kind schon bald in die Arme schließen. Und die Suche nach Magdalena liefe. Immerhin.

Ja, das war eine gute Idee, genau so würde sie es machen. Zoë war erleichtert. Gegen eine organisierte Bande, die reihenweise Kinder klaute, war sie machtlos, das musste auch Claudias Mann Patrick einsehen. Und als die Bandenmitglieder festgestellt hatten, dass eines der Babys krank war, hatten sie es wieder loswerden wollen. Das war eine gute und schlüssige Erklärung.

Zoë schob den Kinderwagen eilig auf der gegenüberliegenden Straßenseite am Fotogeschäft vorbei.

Die Kleine schlief, als sie in Claudias Haus ankamen. Zoë machte sich ein Sandwich, aß es mit wenig Appetit und setzte sich vor den Fernseher, ohne sich auf das konzentrieren zu können, was sie sah. Sie zappte sich durch die Programme und dachte unentwegt an Magdalena. Das fremde Baby würde morgen wieder zu Hause sein. Aber Magdalena blieb verschwunden. Eine Weile hatte sie selbst an die organisierte Menschenhändlerbande geglaubt.

„Wissen wir nicht mal, ob unsere kleine Lola noch lebt", schniefte eine Frau mit langen braunen Haaren in ein Taschentuch.

Zoë hielt inne und stellte den Ton des Fernsehers lauter.

Man sah das Einkaufszentrum von außen, dann das Reformhaus, vor dem sie das fremde Baby entführt hatte. Eine Reporterin sprach von einer Belohnung von zehntausend Euro, die die Eltern bereit waren zu zahlen, um ihre Tochter wohlbehalten zurückzubekommen.

Es kribbelte unangenehm in Zoës Magen.

„Lola", hörte sie sich leise sagen.

Dann kam wieder die Frau ins Bild, vermutlich die Mutter der Kleinen. Sie weinte und wurde von einem großen Mann mit Glatze in den Arm genommen. Er trug einen schwarzen Anzug und darüber einen ebenfalls schwarzen weiten, offenen Mantel. Er sah sehr elegant aus.

„Meine Frau und ich bitten diejenigen, die unsere kleine Lola jetzt bei sich haben, ihr nichts zu tun ..."

Die Frau drückte schluchzend das Gesicht an die Schulter des Mannes.

Zoë schossen Tränen in die Augen. Ich tue ihr nichts, keine Angst, sie ist morgen zurück, ich tue ihr nichts, es geht ihr gut, versprach sie den beiden stumm. Aber es stimmte ja nicht, es ging der kleinen Lola nicht gut, sie hatte Fieber.

Und dann tat Zoë etwas, was sie nie verstand, wenn sie es im Film sah: Sie schaltete den Fernseher aus. Sie konnte jetzt nachvollziehen, weshalb die Täter im Film den Bericht über ihr Verbrechen mittendrin ausschalteten. Weil sie es nicht ertrugen. Genau wie sie. Sie war auch eine Verbrecherin.

Zoë legte die Hände vors Gesicht und schluchzte laut los. Es war ihr egal, ob sie jemand hörte oder ob Claudias Mann plötzlich im Wohnzimmer stand. Sie hatte ein schreckliches Verbrechen begangen.

Ich muss die Polizei anrufen, ging es ihr durch den Kopf. Halb blind vor Tränen klopfte sie ihre Hosentaschen nach ihrem Handy ab und zog es heraus. In diesem Moment klingelte es.

Mama stand auf dem Display.

Ich kann jetzt nicht mit dir reden, Mama, schniefte Zoë mit Blick aufs Display. Du hörst doch sofort, dass was ist.

Doch der Wunsch, mit jemandem zu reden, sich jemandem anzuvertrauen, war größer. Sie putzte sich kräftig die Nase.

„Na endlich gehst du mal ran!", schimpfte ihre Mutter, kaum dass sie sich gemeldet hatte. „Ich wollte schon vorbeikommen! Was sollte denn das? Rufst mich an und sagst nichts. Ist alles in Ordnung?"

„Ja … klar … das heißt …"

„Was ist mit dir? Bist du erkältet?"

„Ja … ich …" Zoë verließ der Mut. „Ich hab mich wohl angesteckt. Die Kleine hat Fieber."

„Oh nein, Kind, das auch noch! Siehst du, habe ich dir ja gesagt, was alles passieren kann! Hast du denn wenigstens Zäpfchen für die Kleine? Achte darauf, dass sie ausreichend trinkt …"

„Ja, Mama, danke", sagte Zoë entkräftet.

„Soll ich vorbeikommen?"

„Nein!"

Ihre Mutter schwieg beleidigt.

„Ich meine, nein, das ist lieb, aber ich komme schon klar. Der Vater der Kleinen ist ja auch noch da, um sich zu kümmern."

„Na hoffentlich", erwiderte ihre Mutter seufzend.

„Und ruf an, wenn was ist."

Zoë ging zum Kinderwagen. Die Kleine schlief immer noch.

„Lola", sagte sie leise und befühlte ihre Stirn. Sie war heiß. Ihre Mutter hatte etwas von Zäpfchen gesagt. Wo mochten die sein? Sollte sie alle Schränke durchsuchen? Nein, sie würde Patrick fragen, sobald er nach Hause käme.

Die Kleine wachte auf und blinzelte sie an.

„Alle sollen sehen, dass es dir gut ergangen ist", sagte Zoë, hob sie aus dem Kinderwagen, wusch sie vorsichtig mit lauwarmem Wasser und wickelte sie, nahm einen frischen Strampelanzug vom Wäscheständer und zog ihn ihr an, obwohl er etwas zu eng war und spannte, dann gab sie der Kleinen zu trinken und legte sie in Magdalenas Wiege.

„Morgen wird alles wieder gut", flüsterte Zoë ihr zu und streichelte ihre Wangen. „Du wirst mich nie wiedersehen. Du wirst mich für immer vergessen. Du wirst nicht einmal wissen, dass es mich gibt, das verspreche ich dir."

Lola schlief wieder ein, kaum dass Zoë sie zugedeckt hatte. Wahrscheinlich war sie zu erschöpft und zu krank zum Weinen.

Zoë hatte noch nie in einem Doppelbett geschlafen, abgesehen von den vereinzelten Nächten als kleines Kind, in denen sie bei ihren Eltern ins Bett geschlüpft war, weil sie schlecht geträumt hatte. In jeder anderen Nacht hätte sie es genossen, so viel Platz zu haben. In dieser nicht.

Sie hatte ihren Rucksack in eine Ecke gestellt und war ohne die üblichen Rituale wie Zähneputzen und Waschen unter die dünne Daunendecke gekrochen.

Die Tür zu Magdalenas Zimmer, das dem Gästezimmer direkt gegenüberlag, stand offen, ihre Tür hatte sie angelehnt, um hören zu können, wenn Lola aufwachte. Jetzt hatte sie wenigstens einen Namen.

Ich werde es irgendwie wieder gutmachen, sagte sie sich, doch sie ahnte, dass es unmöglich sein würde.

Sie sehnte den Morgen herbei, stellte ihren Handywecker auf sieben Uhr und fiel in einen oberflächlichen, unruhigen Schlaf.

Ein Fluchen aus dem Erdgeschoss weckte sie auf. Sie erschrak so sehr, dass sie sofort aufrecht im Bett saß.

Im Flur vor ihrer Tür brannte Licht.

Zoë blickte auf die Uhr auf dem Handydisplay. Es war kurz nach ein Uhr nachts. Claudias Mann fluchte leise vor sich hin, während er die Treppe raufkam.

Das Schlafzimmer lag neben ihrem. Doch Patrick ging nicht ins Schlafzimmer. Zoë beobachtete durch den Türspalt, wie er Magdalenas Zimmer betrat.

Was sollte das? Hatte Patrick einen erneuten Anfall von Fürsorglichkeit oder ahnte er was?

15

Im ersten Moment hielt Zoë die Luft an, dann sprang sie aus dem Bett und eilte in Magdalenas Zimmer. Claudias Mann durfte den Schwindel auf keinen Fall entdecken und ihren Plan in letzter Minute durchkreuzen.

„Scht!", zischte sie mit dem Zeigefinger auf den Lippen.

Claudias Mann fuhr herum.

„Hast du mich erschreckt!", flüsterte er gereizt aus der Dunkelheit des Zimmers.

„Sie ist gerade erst eingeschlafen", versuchte Zoë ihn zu besänftigen.

Er folgte ihr zurück in den Flur. Zoë atmete erleichtert auf.

„Hat sie noch Fieber?"

„Ja."

„Hast du ihr ein Zäpfchen gegeben?"

„Nein ... ich wusste nicht, wo ...", druckste Zoë.

„Du musst ihr ein Zäpfchen geben!", unterbrach er sie kopfschüttelnd. „Hat meine Frau dir denn gar nichts erklärt?"

Sein Handy klingelte. Er guckte aufs Display und seufzte unwillig. „Der werde ich was erzählen." Er stieg die Stufen hinab.

Zoë folgte ihm langsam bis ans Geländer und lauschte.

Patrick stritt mit Claudia, das war nicht zu überhören, auch wenn er sich bemühte, leise zu sprechen.

„Was soll das heißen: Wieso hat Magdalena Fieber? Was weiß denn ich? Wahrscheinlich, weil sie ewig draußen im Regen gestanden hat! ... Heute Mittag, als ich nach Hause ... Das kann gar nicht sein? Was soll das denn heißen? Ich werde ja wohl noch wissen, wie es meiner Tochter geht! Aber du hast deinem Babysitter ja nicht mal erklärt, was man dann macht! Die Kleine hätte längst ein Zäpfchen bekommen müssen ... Ja, Moment, ich gebe sie dir, eben war sie noch wach ...“

Zoë eilte ins Gästezimmer zurück und schloss leise die Tür. Sie wollte jetzt nicht mit Claudia sprechen. Sie wollte, dass es endlich Morgen wurde und sie ihren Plan durchziehen konnte.

„Hältst du mich für bescheuert? Was stellst du mir für idiotische Fragen?“, hörte sie Patrick vor ihrer Tür.

Er klopfte.

Zoë hielt inne.

Und dann fing die Kleine an zu weinen.

„Na wunderbar, das hast du ja großartig hingekriegt, jetzt ist sie wach!“, warf er Claudia vor. „Das soll genau das heißen. Und jetzt entschuldige, ich muss mich um unsere Tochter kümmern.“ Er hatte das Gespräch damit ganz offenkundig beendet, denn er fluchte leise vor sich hin.

Zoë öffnete ihre Tür und drückte sich an Patrick vorbei in Magdalenas Zimmer zur Wiege.

„Lassen Sie, ich mach das schon!", sagte sie schnell. Patrick drehte sich dankbar seufzend um.

„Die spinnt doch. Das könne gar nicht sein, dass Magdalena Fieber hat! Ist doch nicht zu fassen, die Frau! Als ob sie das vom anderen Ende der Welt aus beurteilen könnte! Die Zäpfchen findest du im Bad in der zweiten Schublade mit den Medikamenten."

Zoë nickte und wandte sich der weinenden Lola zu.

„Kommst du klar? Ich dachte, du schläfst schon wieder."

„Nein. Das heißt, ja, ich komm klar, danke", erwiderte Zoë.

„Okay, also dann gute Nacht."

„Gute Nacht."

Zoë wartete ab, bis Patrick im Schlafzimmer verschwunden war und die Tür hinter sich geschlossen hatte. Offensichtlich musste er nicht mehr ins Bad.

Sie fand die Zäpfchen sofort. Als sie Lottes Schwester einmal dabei zugesehen hatte, wie sie die dünnen Waden ihres fiebrigen, wimmernden Kindes mit einer Hand umklammerte, es anhob und ihm ein Zäpfchen in den Po steckte, hatte sie das als ziemlich brutal empfunden. Jetzt war sie froh, dass sie wusste, wie es funktionierte. Sie wickelte die Kleine und machte ihr ein weiteres Fläschchen. Sie wollte sie so gut versorgt wie möglich zurückbringen. Oder wenigstens fast zurückbringen.

Lola war immer noch heiß und weinte. Das bisschen, das sie trank, spuckte sie gleich wieder aus.

Wie gern hätte sie jetzt ihre Mutter angerufen, um zu fragen, was das bedeutete, aber es war mitten in der Nacht. Ihre Mutter wäre zu Tode erschrocken, wenn jetzt das Telefon klingelte. Morgen ist die Kleine ohnehin wieder bei ihren Eltern, dachte Zoë, und die gehen mit ihr als Erstes zum Arzt. So lange muss sie noch durchhalten. Müssen wir beide noch durchhalten.

Lolas Eltern taten ihr leid. Bestimmt durchwachten sie diese Nacht voller Angst und in der Hoffnung auf eine Nachricht von ihrer Tochter. Bestimmt ließen sie ihr Telefon keine Sekunde aus den Augen.

Und wenn sie bei der Polizei anrufen und sagen würde, dass es Lola gut gehe und sie in wenigen Stunden wohlbehalten zu ihren Eltern zurückkehren werde? Damit würde sie den Eltern weitere schreckliche Stunden ersparen. Doch die Polizei würde den Anruf sofort zurückverfolgen, egal, ob sie von ihrem Handy oder vom Festnetz dieses Hauses anriefe. Im letzten Fall würde man Claudias Mann verdächtigen, Lola entführt zu haben. Niemand würde ihm glauben, dass er nicht bemerkt haben wollte, dass nicht seine Tochter, sondern ein fremdes Kind in der Wiege lag. Und er hatte ein Motiv für eine Erpressung, denn in seiner Firma lief es nicht gut, hatte Claudia gesagt.

Der Gedanke, dass man Patrick verdächtigen würde, gefiel Zoë. Sie mochte ihn nicht. Er war ein arrogantes, egoistisches Arschloch.

Nein, ich werde nicht die Polizei anrufen, ich werde es irgendwie wieder gutmachen, schwor sie sich, auch wenn sie immer noch nicht wusste, wie.

Sie wiegte die Kleine in ihren Armen, sang leise vor sich hin und schaffte es tatsächlich, sie zu beruhigen.

Als Lola eingeschlafen war, legte sie sie behutsam in die Wiege zurück, deckte sie sorgfältig zu und schlich ins Gästezimmer zurück. Es war inzwischen zwanzig nach zwei. Zoë lag noch eine Weile wach und lauschte. Dann fiel sie zurück in einen unruhigen Schlaf.

Diesmal wusste sie, dass sie träumte. Sie wollte aufwachen, aber es gelang ihr nicht. Sie wollte unbedingt aufwachen, weil sie fürchtete, ihren Wecker zu überhören. Doch sie musste immer weiterlaufen, immer weiter die Straße entlang durch eine Stadt, von der sie wusste, dass es Wallheim war, obwohl sie ganz anders aussah. Am anderen Ende der endlosen Straße stand ein Mann und hielt ihr mit ausgestreckten Armen ein Baby entgegen. Zoë versuchte schneller zu laufen. Sie rief ihm zu, er solle warten. Sie kannte ihn nicht, es war ein junger, freundlicher Mann. Doch kurz bevor sie ihn und das Baby, das zwischen seinen Händen baumelte, erreichte, ließ er es fallen und sah auf die Uhr. Er müsse los, sagte er. Zoë schrie. Dann wachte sie auf.

Sie blickte aufs Display ihres Handys. Es war kurz vor

sieben. Erleichtert sank sie auf das Kissen zurück. Was für ein schrecklicher Traum, dachte sie.

Doch die Realität war auch nicht viel besser. Magdalena war spurlos verschwunden. Und sie hatte ein Kind entführt. Sie musste die kleine Lola so schnell wie möglich vor Sebastians Fotogeschäft abstellen. Vorher würde sie ihr noch ein Fläschchen machen und eine frische Windel anziehen. Es sollte ihr an nichts fehlen.

Zoë spürte die kurze Nacht in ihren Knochen, als sie aufstand und die Tür des Gästezimmers öffnete. Sie musste leise sein, um Patrick nicht zu wecken. Und sie musste daran denken, ihre Sachen mitzunehmen, denn sie würde ganz sicher nicht hierher zurückkehren, wenn sie ihren Plan ausgeführt hatte. Ihr kam kurz das Geld in den Sinn, das sie von Claudia für die fünf Tage Babysitten bekommen hatte. Musste sie es zurückzahlen?

Nein, musste sie nicht, entschied sie für sich, schließlich konnte sie nichts dafür, wenn Menschenhändler Babys entführten, im Gegenteil, sie hätte noch Schmerzensgeld für das erlittene Leid verdient, für die schrecklichen Stunden seit Magdalenas Verschwinden, in denen sie nicht mehr zur Ruhe gekommen war.

Sie wollte zuerst schnell auf die Toilette und dann nach Lola sehen, doch irgendetwas ließ sie auf halbem Weg den Flur zu Magdalenas Zimmer wieder zurückgehen.

Ihr war, als hätte sie einen Schatten gesehen.

Zoës Herz setzte einen Schlag lang aus.

Vor Magdalenas Wiege stand Claudia.

16

Als hätte sie sie längst erwartet, drehte Claudia sich zu ihr um.

„Was ist das für ein Kind?", fragte sie in eisigem Ton.

Zoë starrte sie an und brachte kein Wort heraus.

„Was das für ein Kind ist, will ich wissen!", herrschte sie Zoë an.

Die Kleine fing an zu weinen.

Zoës Beine schienen nachzugeben. Sie stützte sich am Türrahmen ab.

„Patrick ...", stammelte sie. Sie legte einen Zeigefinger auf ihre Lippen. „Er weiß nichts ..."

„Keine Sorge, Patrick ist schon auf dem Weg nach München. Angeblich will jemand seine Firma übernehmen", erwiderte Claudia mit Spott in der Stimme. „Ich habe abgewartet, bis er das Haus verlässt. Also?"

„Aber ..."

Zoë verstand überhaupt nichts. Wieso war Claudia hier? Vor ein paar Stunden war sie noch in New York gewesen. Patrick hatte mit ihr telefoniert, sie hatte es mit eigenen Ohren gehört!

„Jetzt mach dir mal nicht in die Hose. Ich bin's, Claudia. Wie ein Gespenst siehst du eher aus. Also, wer ist die Kleine?"

„Lola", antwortete Zoë leise.

„Lola?" Claudias Augen blitzten, als hätte diese Information, die schlichte Erwähnung des Namens, ihr Interesse geweckt.

„Aber ich denke, du bist in New York!", sagte Zoë unglücklich.

„Tja, du hast recht, das war nicht geplant, dass ich hier so schnell wieder auftauche, aber nachdem mein Mann mir erzählt hat, dass Magdalena Fieber hat, und dann dieses Weinen ... Also raus mit der Sprache."

„Dann warst du gar nicht in New York?", fragte Zoë.

„Ich glaube, ich bin hier diejenige, die die Fragen stellen sollte", erwiderte Claudia kalt. „Also! Wird's bald?"

Zoë erzählte stockend, wie sie im Park gesessen und nur ganz kurz, höchstens zehn Sekunden, die Augen geschlossen habe und plötzlich sei der Kinderwagen weg gewesen und sie sei sofort losgerannt, um ihn zu suchen. Und dann habe sie ihn tatsächlich wiedergefunden, doch er sei leer gewesen. Da sei sie in Panik geraten, erzählte sie Claudia und fing an zu weinen. „Das war so schrecklich", schluchzte sie.

„Und dann hast du ein fremdes Baby geklaut?"

Claudia guckte sie ungläubig an, fast ein wenig amüsiert. Im nächsten Moment wirkte sie verärgert.

Ihre Reaktion irritierte Zoë, denn sie hatte ihr vor wenigen Sekunden erzählt, dass ihre Tochter Magdalena entführt worden war.

„Das war ... ich weiß auch nicht ... wie ein Reflex."

Zoë wischte sich die Nase mit dem Handrücken ab. „Ich wollte doch nur … erst mal … Zeit gewinnen … weil du nicht da warst. Ich wollte dich sofort anrufen, aber du warst im Flugzeug. Dachte ich. Und Patricks Nummer hatte ich nicht. Es tut mir so leid, aber ich kann nichts dafür, ich schwör's!"

„Für die Kleine sollte es dir leid tun. Und für ihre Eltern." Claudia befühlte Lolas Kopf. „Sie hat tatsächlich Fieber."

„Ich weiß." Zoë schniefte. „Ich wollte sie doch jetzt sofort zurückbringen …"

Claudia schüttelte mit Blick auf Zoë den Kopf. „So viel kriminelle Energie hätte ich dir gar nicht zugetraut."

„Kriminelle Energie?"

Zoë war entsetzt. Natürlich war ihr klar, dass es ein Verbrechen war, ein Kind zu entführen, doch erst jetzt, da Claudia es aussprach, wurde es Realität. Bedrohlich und beängstigend.

„Aber ich … ich schwöre …"

„Weißt du, was du den Eltern damit angetan hast?"

„Ja, aber …"

„Nein, weißt du nicht", schnitt Claudia ihr das Wort ab. „Und mein Mann hat nichts bemerkt?"

„Nein. Er denkt, es ist Magdalena", erwiderte Zoë mit leiser Stimme.

Sie verstand nicht, was vor sich ging. Claudia schien sich viel mehr für das fremde Kind als für ihr eigenes zu interessieren.

Claudia blickte nachdenklich auf Lola, dann auf Zoë.

„Habe ich dir ja gleich gesagt, dass er im Zweifelsfall sein eigenes Kind nicht erkennt. Und woher weißt du, dass die Kleine Lola heißt?"

„Aus dem Fernsehen", antwortete Zoë kleinlaut.

„Das ist die kleine Lola Kaufmann? Die armen Eltern."

„Kaufmann?", fragte Zoë irritiert.

„Die wohnen zwei Straßen weiter." Claudias Blick haftete an Zoë und schien gleichzeitig durch sie hindurchzugehen. „Gibst du mir bitte mal dein Handy?"

„Mein Handy? Wozu?", fragte Zoë verwirrt.

„Nur kurz. Mein Akku ist leer."

Claudia lächelte sie an und hatte für ein paar Sekunden wieder Ähnlichkeit mit der Frau, die Zoë vor wenigen Tagen kennengelernt hatte.

„Moment."

Zoë holte ihr Handy vom Nachttisch im Gästezimmer und gab es Claudia.

Sie lächelte immer noch. „Danke", sagte sie. „Wird Zeit, dass die armen Eltern ein Lebenszeichen von ihrer Tochter bekommen."

Sie schlug die Decke in der Wiege zurück und fotografierte die Kleine.

Das verwirrte Zoë noch mehr. Was sollte das?

„Ich schwöre, ich wollte Lola gerade zurückbringen!"

Zoë beobachtete, wie Claudia ihr Handy in die Hosentasche steckte.

„Mein Handy ..."

„Das tust du nicht."

„Wie bitte?"

„Du bringst sie nicht zurück."

„Aber wieso denn ..."

„Weil ich es dir sage", unterbrach Claudia sie rüde. „Du hast ein Kind entführt. Das ist ein schweres Verbrechen."

So langsam begriff Zoë, worauf Claudia hinauswollte. Die Fotos dienten ihr als Beweis.

„Du zeigst mich an", stellte sie tonlos fest. „Du willst das Lösegeld kassieren."

„Zehntausend Euro", schnaubte Claudia verächtlich. „Nein. Ich zeige dich nicht an. Vorausgesetzt, du machst ab sofort genau das, was ich dir sage. Du bleibst wie verabredet hier und kümmerst dich um die Kleine, als wäre es Magdalena. Kein Wort zu meinem Mann. Weder dass ich hier war, noch dass es nicht Magdalena ist. Wenn er es entdeckt, kann ich dich nicht schützen, dann bist du dran. Also pass auf, dass er es nicht doch noch bemerkt."

Wieder verstand Zoë nicht. „Aber wieso ...?"

„Um die Eltern der kleinen Lola kümmere ich mich. Ich rufe dich auf dem Festnetz an und sage dir, was du tun sollst. Ich lass es erst einmal klingeln und ruf danach noch mal an, dann weißt du, dass ich es bin. Ansonsten nimmst du keine Anrufe an. Und gib der

Kleinen dreimal am Tag ein Zäpfchen, damit das Fieber runtergeht. Zweite Schublade im Bad. Und ruf mich unter keinen Umständen an, ist das klar?"

Nein, nichts war klar.

Zoë antwortete nicht.

Claudia nahm Lolas wollene Bärchenmütze vom Sessel, schnappte sich die Babytragetasche, legte die Mütze hinein und kam auf Zoë zu, die im Türrahmen stand.

„Ob das klar ist?", fragte sie in scharfem Ton.

„Ja. Klar."

„Gut."

Claudia ging an ihr vorbei in den Flur und lief die Treppe hinunter. Sie roch nach kaltem Rauch.

„Ich will mein Handy zurück!"

„Sobald alles erledigt ist", antwortete Claudia von unten.

„Was alles?", schrie Zoë.

Die Haustür fiel ins Schloss.

Zoës Knie fühlten sich immer noch weich an. Langsam ging sie auf die Wiege zu, hob die fiebrige, weinende Lola vorsichtig heraus und wickelte sie. Es war inzwischen wie ein Ritual. Es beruhigte sie.

Die letzten Minuten kamen ihr unwirklich vor. War Claudia tatsächlich hier gewesen? Hatte sie ihr tatsächlich befohlen, ihrem Mann gegenüber so zu tun, als wäre Lola seine Tochter Magdalena? Wieso hatte sie die Bärchenmütze mitgenommen? Wieso war sie nicht in New York bei ihrer kranken Mutter? Wieso hörte dieser Albtraum nicht endlich auf?

Bis vor wenigen Augenblicken hatte Zoë noch geglaubt, ihn selbst beenden zu können. Doch das war ein Irrtum. Claudia bestimmte das Ende. Was immer sie vorhatte, mit den Fotos auf ihrem Handy hatte sie Zoë in der Hand.

17

Die kleine Lola kam Zoë heißer vor als gestern. Sie hatte Durchfall und spuckte die Milch sofort wieder aus. Das war Zoë unheimlich.

Sie rief ihre Mutter an. Das hatte sie wegen ihres Handys, das Claudia ihr weggenommen hatte, ohnehin vorgehabt.

„Ich hab mein Handy verloren", log sie. „Also ruf mich am besten unter der Festnetznummer hier an."

Es tat gut, die Stimme ihrer Mutter zu hören. Und dass sie nicht ans Telefon gehen sollte, außer, wenn Claudia anrief, war ihr egal. Sie konnte noch immer nicht fassen, was ihr gerade passiert war. Sie hatte sich noch nie so sehr in einem Menschen getäuscht. Da kam sogar ihre Exfreundin Lotte nicht mit.

„Du musst mit der Kleinen zum Arzt", erklärte ihre Mutter besorgt. „Das hört sich nach einem üblen Infekt an. Was sagt denn die Mutter der Kleinen?"

„Die ... ist noch in New York."

„Und der Vater?"

„Der ... ist verreist."

„Du bist mit der Kleinen allein? Das ist doch viel zu viel Verantwortung, Kind! Was, wenn sie stirbt? Dann bist du am Ende noch schuld ..."

„Unsinn, wieso soll sie denn sterben?", fiel Zoë ihr ins Wort. „Sie hat Fieber ..."

„Und Durchfall und spuckt. Am besten, ich komme

vorbei, dann gehen wir mit der Kleinen gemeinsam zum Arzt", schlug ihre Mutter vor.

„Nein, Mama, das musst du nicht!", antwortete Zoë wieder eine Spur zu schnell und zu entschieden. „Lolas ... ich meine, Magdalenas Vater kommt heute Nachmittag zurück, dann fahren wir zusammen."

Erst in diesem Moment wurde Zoë bewusst, dass sie gar keine Ahnung hatte, ob er heute überhaupt noch von seiner Reise zurückkommen würde. Sie hatte keine Wahl, sie musste Claudia anrufen. Auch sie konnte kein Interesse daran haben, dass es Lola immer schlechter ging.

„Wie du meinst", erwiderte ihre Mutter beleidigt.

„Aber so langsam kommt mir diese Babysitter-Geschichte sehr seltsam vor."

„Ach Quatsch, die Eltern sind eben viel unterwegs."

„Ich weiß nicht. Ist nur so ein Gefühl. Rosi hat angerufen. Sie kann dich nicht erreichen."

„Ja, danke, ich weiß."

„Dein Vater hat übrigens beschlossen, dass er den Job im Callcenter unter keinen Umständen macht."

„Und was macht er dann?"

„Nichts. Rumsitzen. Spazieren gehen. Kaffee trinken. Er ist außerdem stinksauer, weil du dich zu Hause überhaupt nicht mehr blicken lässt. Er wollte schon die Polizei alarmieren, weil er glaubt, dass du in so eine Sekte geraten bist und man dich in der Villa festhält und missbraucht."

„Blödsinn, Mama. Mir geht es gut. Und ich verdiene

endlich mal was. Ich muss euch in den nächsten Monaten nie wieder um Geld anbetteln. Sag Papa das. Außerdem ist das gar keine Villa. Und in ein paar Tagen bin ich wieder zu Hause. Ich versprech's. Und dann rede ich mit ihm. Vielleicht sollten wir aus Wallheim weg."

„Nanu!"

„Wir reden später darüber, okay? Ich muss mich jetzt um die Kleine kümmern."

Das war nicht nötig, denn Lola war inzwischen eingeschlafen. Aber Zoë wollte nicht länger die Leitung blockieren für den Fall, dass Claudia anrief. Außerdem musste sie nachdenken. Sie musste herausfinden, was Claudia vorhatte. Und sie musste mit Lola zum Arzt.

Nein, fiel ihr ein, sie konnte mit ihr nicht einfach zum Arzt, sie brauchte eine Versichertenkarte für die Kleine.

Also musste sie auf Patrick warten. Und das konnte dauern. Sie saß hier fest und konnte nichts tun.

Sie rief vom Festnetz aus Claudia an. Sie ließ es lange klingeln, aber Claudia meldete sich nicht. Wieso sollte sie Claudia nicht anrufen? Was für ein Spiel trieb sie mit ihr?

Zoë kochte sich einen Espresso. Sie fühlte sich ausgeliefert und tatsächlich missbraucht, denn Claudia nutzte ihre Lage, in die sie ohne sie niemals geraten wäre, für ihr Zwecke aus.

Je länger sie darüber nachdachte, desto sicherer

wurde sie sich, dass Claudia gar nicht in New York bei ihrer kranken Mutter, sondern die ganze Zeit hier in Wallheim, in ihrer Nähe, gewesen war. Vielleicht bei ihrem Geliebten. Vielleicht gab es ihn wirklich und Patrick hatte allen Grund, eifersüchtig zu sein.

Zoë lief nach oben in Magdalenas Zimmer und öffnete ihren Kleiderschrank.

Er war leer.

Zoë war nicht überrascht. Es passte alles zusammen. Claudia hatte ihn leer geräumt. Sie hatte Magdalena entführt. Sie hatte ihre Reise nach New York nur erfunden.

Magdalena war also gar nicht wirklich verschwunden. Keine Bande, die Kinder raubte. Kein großer Unbekannter und keine Psychopathin. Claudia selbst hatte sie, Zoë, in diese schreckliche Angst versetzt, sie hatte am Tag vor ihrer angeblichen Abreise unter dem Vorwand, mit ihr reden zu müssen, herausgefunden, wo sie mit Magdalena spazieren ging und auf welcher Parkbank sie saß. Sie allein war schuld an ihrer Situation, sie hatte sie in diese entsetzliche Lage gebracht.

Nur hatte Claudia nicht damit gerechnet, dass sie daraufhin selbst ein Baby entführte.

Aber womit hatte sie gerechnet?

Zoë befühlte Lolas Stirn. Die Kleine sah im Schlaf unglücklich aus.

Sie ging wieder nach unten und öffnete den Kühlschrank, aber ihr Magen war wie verschnürt. Sie konnte nichts frühstücken.

Claudia musste damit gerechnet haben, dass sie sofort Patrick von Magdalenas Verschwinden erzählen oder die Polizei anrufen würde, überlegte Zoë.

Warum hat sie mir nicht einfach anvertraut, dass sie sich mit Magdalena absetzen will?, fragte sie sich. Ich hätte sie bestimmt nicht verraten.

Nun fühlte sie sich selbst von Claudia verraten, denn wie es schien, war Claudias Vertrauensseligkeit vom Anfang nur Mittel zum Zweck gewesen. Und jetzt durfte sie das Ende dieses Albtraums nicht einmal selbst bestimmen. Du hast ein Kind entführt. Das ist ein schweres Verbrechen, hörte sie Claudia drohen. Und dann die Fotos mit ihrem Handy. Claudia war eiskalt und raffiniert. Sie hatte sie unterschätzt.

Zoë musste mit jemandem reden. Ihre Mutter kam ihr wieder als Erste in den Sinn, aber sie wäre viel zu entsetzt über die Tat ihrer Tochter.

Und Rosi?

Rosi hatte ihr gestern Nachmittag eine SMS geschickt: Gehen wir heute Abend ins Kino?

Zoë hatte nicht geantwortet.

Kino.

Der Vorschlag war ihr banal vorgekommen, wie aus einer anderen Zeit.

Und wenn sie mit Sebastian redete? Er hatte mit all dem nichts zu tun, er war neutral und schien sehr sympathisch zu sein. Er würde ihr glauben und sie ganz sicher nicht verraten, und immerhin hätte sie ihm beinahe die Kleine anvertraut. Vielleicht konnte er sich einen Reim darauf machen, was Claudia vorhatte.

Zoë setzte sich mit dem Espresso an den langen Esstisch und zog den Wallheimer Stadtanzeiger zu sich heran, denn auf dem Titelbild erkannte sie Lolas Eltern aus dem Fernsehen wieder. Sie überflog den Artikel ängstlich, als könnte irgendwo ihr Name auftauchen, als könnte irgendwo stehen, dass sie dabei beobachtet worden war, wie sie Lola in Magdalenas Kinderwagen legte.

Lola, die kleine Tochter des bekannten Unternehmers und geschätzten Kunstmäzens Heinrich W. Kaufmann, stand unter einem Foto der Kleinen. Daneben ein Bild der älteren Frau mit dem Dutt, die Lolas Kinderwagen vor dem Reformhaus abgestellt hatte. Sie sei mit einem Schwächeanfall ins Krankenhaus eingeliefert worden und mache sich unendliche Vorwürfe wegen ihrer Leichtsinnigkeit, las Zoë. Ich werde nie wieder froh, wenn meiner Enkelin etwas zustößt. Das verzeihe ich mir nie, wurde sie zitiert.

Zoë trank ihren Espresso in zwei Schlucken aus.

Und plötzlich durchschaute sie Claudias Plan.

18

Ich will die Hälfte, war Zoës erster Gedanke, ich schenke das Geld dem Kinderdorf, von dem wir immer Post bekommen, und mache damit meine Tat wieder gut.

Der Gedanke beflügelte sie einen Moment lang. Bis das Telefon klingelte. Erst einmal, dann, nach einer kurzen Pause, mehrmals.

Zoë nahm beim fünften Klingeln ab.

„Das nächste Mal lässt du mich nicht so lange warten", begrüßte Claudia sie schroff.

Zoë nahm ihren ganzen Mut zusammen. „Ich weiß, was du vorhast. Ich will die Hälfte!", sagte sie.

Claudia lachte kurz auf. „Ach, Schätzchen, noch so ein Witz, und dein Handy landet bei der Polizei. Apropos Handy, deswegen rufe ich an. In der obersten Küchenschublade neben dem Herd liegt mein altes Handy. Das nimmst du. Auf der Karte ist noch genug Geld. Und komm bitte nicht auf die Idee, mit irgendjemandem zu reden, okay? Du bleibst so lange im Haus, bis ich dich wieder anrufe."

„Aber Lola hat hohes Fieber!", rief Zoë in den Hörer. „Und sie spuckt alles wieder aus! Die muss zum Arzt, sonst stirbt sie vielleicht!"

Claudia seufzte. „So schnell stirbt sie schon nicht. Aber ich werde die Angelegenheit ein wenig beschleunigen."

Sie legte auf.

Die Kleine oben in der Wiege fing wieder an zu weinen.

Zoë ging zu ihr, streichelte die Wangen der Kleinen und summte leise vor sich hin in der Hoffnung, sie beruhigen zu können.

Doch Lola beruhigte sich nicht. Zoë hörte wieder auf zu summen und sie zu streicheln, weil sie dachte, wenn ich Fieber habe, möchte ich auch nicht gestreichelt werden, dann tut die Haut überall weh. Und ich möchte schon gar nicht, dass mir jemand etwas vorsummt.

Stattdessen gab sie Lola ein weiteres Zäpfchen und bot ihr einen Finger an, nach dem die Kleine griff und den sie festhielt, während sie weiterweinte. Schließlich wurde das Weinen schwächer und sie schlief ein.

Zoë schlich nach unten.

Sie fühlte sich wie eine Gefangene in diesem fremden Haus, der Hausbesitzerin ausgeliefert, die darüber entscheiden konnte, ob sie als Verbrecherin endete oder ob sie davonkam, während sie selbst gerade ein Verbrechen beging.

Sie legte sich auf die riesige Ledercouch im Wohnzimmer und fiel in einen unruhigen Schlaf.

Vom Haustürgong schreckte sie auf. Sie brauchte ein paar Sekunden, um sich zu orientieren.

Es läutete wieder, diesmal etwas dringlicher.

Wer mochte das sein? Vielleicht die Presse, die davon Wind bekommen hatte, dass Claudia in die Entführung der kleinen Lola verwickelt war? Oder hatte man Claudia inzwischen geschnappt, und sie hatte sie verraten? Sie traute Claudia alles zu, auch dass sie ihr die Polizei auf den Hals hetzte, um ihren eigenen Kopf aus der Schlinge zu ziehen.

Zoë schlich zur Haustür, als könnte sie jemand hören. Neben der Tür blinkte es rot. Auf dem kleinen Bildschirm konnte sie einen Mann erkennen. Er wandte der Kamera vor dem Tor den Rücken zu.

Zoë drückte auf einen Knopf. „Ja?"

„Hallo? Zoë? Bist du das?"

Jetzt blickte der Mann in die Kamera. Es war Sebastian.

Zoë atmete erleichtert auf.

„Ich dachte, weil ... ich hab dich heute noch gar nicht gesehen. Und es ist doch so schönes Wetter ..."

Sebastian. Wie gern hätte Zoë ihm geöffnet, aber sie traute sich nicht.

„Hi. Tut mir leid, aber ich darf hier niemanden reinlassen."

„So. Okay. Schade. Weil ... ich mach gerade Pause. Und ich hab 'ne schöne Kamera reinbekommen, die wär was für dich ..."

„Vielleicht morgen", sagte Zoë. „Ich komm vielleicht morgen vorbei."

Sebastian nickte. „Gut, ich leg sie dir so lange zurück."

„Ja, danke."

Er lächelte. „Dann also bis morgen."

„Bis morgen."

„Bei dir alles okay?"

Zoë erschrak über die Frage. „Ja, klar, wieso denn nicht?"

Das hatte unfreundlich geklungen. Das war überhaupt nicht ihre Absicht gewesen. Aber nun war es zu spät, denn er entfernte sich winkend.

Sebastian. Wenn er erfährt, was ich getan habe, wird er nicht mehr so nett zu mir sein, dachte Zoë. Dann hält er mich für ein Monster. Ihr wurde klar, dass sie sich weder ihm noch sonst jemandem anvertrauen konnte.

Dennoch überlegte sie, ob sie ihn vielleicht hätte hereinlassen sollen, eine kleine Ablenkung, sie hätte ja gar nichts erzählen müssen.

Das fremde Handyklingeln in ihrer Hosentasche unterbrach sie in ihren Gedanken und holte sie zurück in die Realität.

„Du bist in einer halben Stunde im Einkaufszentrum", verlangte Claudia. „Allein."

„Aber ich kann doch die Kleine nicht allein lassen! Die ist krank!", protestierte Zoë.

„Du bist ja nicht lange weg", erwiderte Claudia kühl. „Du stellst dich direkt vor das Reformhaus, wo auch der Kinderwagen stand."

„Aber wieso ...?"

„Weil ich es dir sage."

„Das ist ein Trick, habe ich recht? Du lieferst mich aus! Das weiß doch jeder, dass da der Kinderwagen ...“

„Kein Mensch wird da einen Zusammenhang sehen. Sieh es einfach mal therapeutisch, du gehst zum Ort des Geschehens zurück, das machen Täter nun mal.“

Zoë wurde flau bei dem Gedanken, zu der Stelle zurückzukehren, an der sie Lola entführt hatte. Nein, das konnte Claudia nicht von ihr verlangen.

„Aber warum!“, schrie sie sie an und ärgerte sich in der nächsten Sekunde, weil sie Lola geweckt haben könnte.

„Du wartest dort vorm Schaufenster, bis ich dich anrufe“, erklärte Claudia ungerührt. „Du hältst das Handy am besten die ganze Zeit in der Hand, damit du es auf keinen Fall überhörst. Dort bekommst du dann weitere Anweisungen.“

Wieder legte Claudia einfach auf.

Zoë wurde wütend. Wieso verlangte Claudia so etwas Absurdes von ihr? Sie wollte sie zermürben. Kleinkriegen. In eine Falle locken.

Das fremde Handy piepte.

Ich hoffe für dich, dass du unterwegs bist, stand auf dem Display.

Zoë sah kurz nach Lola und verließ leise das Haus. Sie würde sich nicht reinlegen lassen. Schließlich hatte sie in Panik gehandelt, und wenn es nur einen

Funken Gerechtigkeit gab, musste das, was Claudia ihr angetan hatte, genauso hart bestraft werden.

Das Einkaufszentrum war voller Menschen, als stünde ein Feiertag oder ein langes Wochenende bevor. Dann fällt es wenigstens nicht so auf, wenn ich vorm Schaufenster stehe, ging es Zoë durch den Kopf.

Sie guckte weder nach links noch nach rechts, sondern steuerte stur geradeaus auf das Reformhaus zu. Erst kurz bevor sie es erreicht hatte, verlangsamte sie ihren Schritt und blieb stehen.

Das Handy in ihrer Faust vibrierte.

„Weiter!", herrschte Claudias Stimme sie an.

„Wie?"

Unwillkürlich blickte Zoë sich um.

Claudia musste hier irgendwo sein.

Zoë sah hoch zur Galerie, die sich durch das ganze Zentrum zog, aber sie entdeckte Claudia nicht.

„Du sollst dich genau vor das Schaufenster stellen!"

Widerstrebend machte Zoë ein paar Schritte auf das Schaufenster zu. Ihr Herz klopfte vor Aufregung und Wut.

„Stopp! Und jetzt dreh dich um. Sodass du mit dem Rücken zum Schaufenster stehst."

„Hör mal, wenn das eine Falle ist …", begann Zoë.

„Keine Falle", fiel ihr Claudia ins Wort. „Dir wird nichts passieren. Niemand wird erfahren, dass du eine Kindesentführerin bist. Vorausgesetzt, du machst jetzt genau, was ich sage. Hast du verstanden?"

„Ja, aber ...“

„Wenn ich bis drei gezählt habe, schreist du so laut, wie du kannst.“

„Was?" Zoë lachte entsetzt.

„So laut du kannst. Einfach schreien. Eins ...“

„Das kann ich nicht!“

„Das kannst du. Zwei ...“

„Moment! Und wie lange? Ich meine, und dann?“

„Zähl langsam bis zwanzig, dann rennst du weg. Achtung, und ... drei!“

Zoë blieb stumm.

„Schrei, verdammt noch mal!“

Zoë ließ das Handy sinken, schloss die Augen und schrie.

... sieben ... acht ... neun ...

Sie holte Luft und schrie weiter und zählte.

... zwölf ... dreizehn ... vierzehn ...

Sie musste sich sehr konzentrieren, um gleichzeitig schreien und zählen zu können und nicht zu hören, was um sie herum geschah.

... achtzehn ... neunzehn ... zwanzig ...

Sie rannte los Richtung Hinterausgang. Sie hatte keine Ahnung, ob ihr jemand folgte. Sie wollte nur weg, am liebsten hätte sie sich in Luft aufgelöst. Sie fühlte sich elend und gedemütigt. Warum tat Claudia ihr das an?

Sie lief ihrem Vater direkt in die Arme. Er war auf dem Weg ins Einkaufszentrum und baute sich mit ausgebreiteten Armen vor ihr auf. Wie früher, als sie freudig auf ihn zugelaufen war und er sie hochgehoben und auf seine Schultern gesetzt hatte.

Zoë blieb erschrocken vor ihm stehen und wich einen Schritt zurück.

„Papa!"

Sie wollte an ihm vorbei.

Er packte ihr Handgelenk. „Was ist denn passiert?"

„Nichts. Alles okay."

Zoë versuchte, sich aus seinem Griff zu lösen, aber er war unerwartet fest.

„Sind sie hinter dir her? Hast du was geklaut?"

Das klang gar nicht mal vorwurfsvoll, eher komplizenhaft, als wollte er sie beschützen.

„Quatsch, Papa. Lass mich bitte, ich muss los!"

„Nichts da. Du kommst mit nach Hause!"

Er machte kehrt und zog sie mit sich.

„Papa, verdammt, lass mich los!"

Er zog sie weiter zum Parkplatz.

„Mann, Papa, ist ja gut, ich komm ja freiwillig mit!"

Er blieb stehen und betrachtete sie skeptisch.

„Glaube ich nicht."

Er zog sie weiter zu dem alten verbeulten Peugeot, öffnete die Beifahrertür, schubste Zoë auf den Sitz und verriegelte die Türen, bis er um den Wagen herumgegangen war und selbst einstieg. Sofort verriegelte er die Türen erneut.

„Ist ja gut!", schrie Zoë.

„Nein, mein Fräulein, nichts ist gut!", schrie ihr Vater zurück. „Seit Tagen mache ich mir Sorgen, wo du da hingeraten bist! Von wegen Handy verloren! Das kannst du vielleicht deiner Mutter erzählen! Abgenommen haben sie es dir! Und jetzt finde ich dich, wie du panisch aus dem Einkaufszentrum rennst! Kannst du mir mal sagen, was das soll?"

„Nein!"

„Und wieso nicht?"

„Weil ich es nicht kann!"

„Was haben die mit dir gemacht? Haben die dir 'ne Gehirnwäsche verpasst? Geben die dir Drogen?"

„Mann, Papa, ich kann dir das alles erklären, aber nicht jetzt! Ich muss los. Das Baby ist krank, das stirbt vielleicht, wenn ich mich nicht darum kümmere. Vielleicht ist es schon tot, nur weil du mich hier festhältst!"

Ihr Vater lehnte sich im Sitz zurück und holte tief Luft. „Gut, dann fahr ich dich da jetzt hin und guck mir den feinen Laden mal an."

„Nein!", rief Zoë erschrocken. „Das geht nicht!"

„Was geht und was nicht, bestimme immer noch ich. Noch bist du nicht erwachsen." Er ließ den Motor an.

„Aber du bist erwachsen, oder was!", brach es aus Zoë heraus. „Du hängst doch den ganzen Tag rum und wirst immer fetter und tust nichts und lehnst jeden Job ab! Und wie du rumläufst! Guck dich doch mal an! In dem Trainingsanzug! Wie lächerlich! Was glaubst du, wie ich mich für dich schäme! Und du willst mir was von erwachsen erzählen!"

Ihr Vater reagierte nicht sofort.

Nach ein paar Sekunden sagte er: „War's das?"

Zoë schwieg.

Ihr Vater fuhr los.

Zoë wusste, dass sie es nicht mehr verhindern konnte, dass er ins Haus mitkommen würde.

Andererseits, beruhigte sie sich, was war daran schon schlimm? So konnte er sich selbst davon überzeugen, dass sie auf ein krankes Baby aufpasste und dass alles in Ordnung war. Dem Anschein nach jedenfalls.

Hauptsache, Claudia ließ sie jetzt endlich in Ruhe und gab ihr das Handy zurück.

Hauptsache, Lola schlief noch und durfte endlich zu ihren Eltern.

Hauptsache, der Albtraum ging endlich zu Ende.

Als Zoë die Körnersche Haustür öffnete und mit ihrem Vater den Flur betrat, kam ihnen Claudias Mann Patrick entgegen. Er hielt Lola im Arm.

Das war's, dachte Zoë.

Jetzt weiß er es.

Jetzt ist alles zu spät.

19

„Das ist mein Vater, er wollte nur mal kurz mitkommen", sagte Zoë leise zu Patrick, als könnte sie
durch diese Erklärung die Katastrophe noch ab-
wenden.

Doch Patrick achtete nicht auf sie und ihren Vater,
er ging mit der Kleinen an ihnen vorbei zur Haustür.

„Wo warst du, verdammt?", schnauzte er Zoë an.
„Die Kleine muss sofort ins Krankenhaus! Sie wäre
beinahe in ihrer eigenen Kotze erstickt! Und wo
Claudia steckt, weiß der Teufel! Die ruft nicht mal
zurück! Und du gehst spazieren!"

Zoë warf ihrem Vater einen Blick zu, der „Siehst
du!" sagte. Sie folgte Patrick nach draußen.

„Warten Sie, ich komme mit!"

Ihr Vater umklammerte ihr Handgelenk und hielt
sie fest.

Zoë versuchte sich loszureißen und stieß ihm ihre
freie Faust in den Bauch. Ihr Vater ließ sie überrascht los und taumelte ein paar Schritte rückwärts.

Zoë rannte zu Patricks Wagen.

„Na warte! Wir sprechen und noch!", schrie ihr Vater. „Wir sprechen uns noch!"

Du kannst mich mal, dachte Zoë düster, du hast
doch keine Ahnung.

Sie setzte sich auf den Rücksitz.

„Wo ist dieses verfluchte Dings? Die Babytragetasche?" Patrick knallte den Kofferraum zu. „Die hab ich nirgends gesehen. Musst du doch wissen, wo die ist!"

Zoë zuckte die Schultern, obwohl sie sich denken konnte, dass Claudia sie für Magdalena mitgenommen hatte.

Patrick drückte ihr die Kleine in den Arm.

Er hatte nichts bemerkt, oder?

Nein, er hatte nichts bemerkt, und er bemerkte immer noch nichts. Zoë mochte es kaum glauben. Sie atmete erleichtert auf. Dieser Patrick erkannte sein eigenes Kind nicht. Das war tragisch. Und ihr Glück.

Zoës Vater folgte ihnen vor das Tor und setzte sich in seinen Wagen. Erst als Patrick losfuhr, klappte er seine Fahrertür zu, als hätte er auf irgendetwas gewartet. Wenn du glaubst, dass ich mich bei dir entschuldige, bist du falsch gewickelt, dachte Zoë. Sie hoffte, dass er sie in Ruhe lassen und ihnen nicht hinterherfahren würde.

Der Arzt in der Notaufnahme der Kinderklinik war ein junger und bedächtig wirkender Mann, neben dem Claudias Mann Patrick jeden Augenblick zu explodieren drohte.

„Jetzt sagen Sie schon, was mit ihr ist!", fuhr er Dr. Rosenkötter an.

Zoë betrachtete Patrick von der Seite. Warum war er so aufgebracht? Hatte er wieder einen Anfall von

Fürsorglichkeit? Sie verachtete diesen gut aussehenden, teuer gekleideten Mann, der sich neben ihr so lächerlich aufplusterte.

Dr. Rosenkötter ließ sich nicht aus der Ruhe bringen und tastete Lola weiter behutsam ab.

„Vermutlich ein kräftiger Infekt", sagte er schließlich und fragte Patrick, wie lange die Kleine schon Fieber und Durchfall habe und die Milch wieder ausspucke.

Patrick sah Zoë hilfesuchend an, und sie antwortete für ihn: „Seit mehreren Tagen."

„Ich möchte sie zur Beobachtung gern hierbehalten", sagte Dr. Rosenkötter und bereitete eine Spritze zur Blutabnahme vor.

„Aha. Und wann kann ich sie wieder abholen?", fragte Patrick ungehalten, als hätte man ihm eröffnet, seinen Wagen erst einer gründlichen Fehleranalyse unterziehen zu müssen, um eine abschließende Diagnose stellen zu können.

„Das kann ich Ihnen im Moment noch nicht sagen", antwortete der Arzt mit sichtlichem Befremden über sein desinteressiertes Verhalten.

„Na ja, macht nichts, du bleibst ja bei ihr", sagte Patrick an Zoë gewandt. „Sie ist die Babysitterin, sie kann doch hierbleiben, solange meine Frau im Ausland ist?"

Dr. Rosenkötter sah Zoë fragend an, dann zuckte er mit Blick zu Patrick die Schultern. „Na ja, besser wäre es natürlich, Sie blieben hier, Sie sind der Vater, und für den Fall, dass wir Entscheidungen treffen müssen ..."

Patrick schnaubte. „Wo denken Sie hin! Dass ich Kindermädchen spiele? Ich muss arbeiten! Sie können mich jederzeit anrufen."

Zum ersten Mal verließ Dr. Rosenkötter die Ruhe. „Es geht um Ihre Tochter!", empörte er sich.

„Das werden wir sehen", entgegnete Patrick mit spöttischem Lächeln.

Zoë bekam einen Schreck.

Dr. Rosenkötter seufzte. „Letztlich ist es natürlich Ihre Verantwortung ..."

„Ganz genau, meine Verantwortung. Und wenn ich Ihnen sage, das ist okay, ist es okay." Patrick machte eine wegwischende Handbewegung. „Hauptsache, Sie bestimmen die Blutgruppe der Kleinen gleich mit."

„Wie bitte?" Dr. Rosenkötter warf Patrick einen verständnislosen Blick zu.

„Am besten machen Sie gleich 'ne DNA-Analyse, ich möchte mir nämlich langsam mal Klarheit verschaffen, ob die Kleine von mir ist oder nicht. Oder finden Sie etwa, dass sie mit mir auch nur einen Funken Ähnlichkeit hat?"

„Aber ich bitte Sie, in dem Alter kann noch so viel passieren ..."

„Richtig, sie wird mir von Tag zu Tag unähnlicher! Hier, sehen Sie sich das an ..." Patrick zog ein verknicktes Foto von Magdalena aus seiner Brieftasche und hielt es Dr. Rosenkötter unter die Nase. „Sie hat nicht mal mehr Ähnlichkeit mit meiner Frau!"

Zoë stockte der Atem. Jetzt. Jetzt fliegt alles auf, da war sie sich sicher.

Dr. Rosenkötter warf einen kurzen Blick auf das Foto. Zoë konnte nicht erkennen, ob er den Unterschied bemerkte, denn er hatte ihr in diesem Moment den Rücken zugewandt.

Nein, er hatte offenbar nichts bemerkt, vielleicht hatte er sich das Foto gar nicht richtig angesehen, denn er schüttelte unwillig den Kopf. „Entschuldigen Sie, Herr Körner, aber..."

„Wenn Sie meinen, dass das Ihre Kompetenzen überschreitet", fiel ihm Patrick ins Wort, „dann finden wir bestimmt einen Weg, Ihre Kompetenzen ein wenig zu erweitern. Wenigstens 'ne Blutgruppenbestimmung wird ja wohl drin sein. Ich bin morgen früh wieder hier, und dann hätte ich gern das Ergebnis."

„Aber ..."

„Das schaffen Sie schon! Ich verlasse mich auf Sie!" Damit verschwand Patrick aus dem Untersuchungszimmer.

Scheiße, dachte Zoë. Wie wahrscheinlich war es, dass Lolas Blutgruppe weder mit Patricks noch mit Claudias übereinstimmte? Zoë hatte keine Ahnung, dennoch wusste sie, dass die Sache entschieden war. Sie musste Patrick alles erzählen. Falls Magdalena wirklich seine Tochter war, und davon ging sie nach wie vor aus, durfte er sie nicht wegen eines schrecklichen Irrtums verstoßen.

Dr. Rosenkötters Laune hatte sich nach Patricks Auftritt spürbar verdüstert. Er nahm Lola Blut ab.

Lola schrie.

Zoë hatte Mitleid mit ihr, doch sie war auch erleichtert, dass endlich etwas geschah, um der Kleinen zu helfen. Wenn Claudia jetzt anriefe, um ihren perfiden Plan auszuführen, hätte sie Pech.

Ja, redete Zoë sich gut zu, als wären die Konsequenzen egal, dann hat Claudia Pech. Und Patrick werde ich morgen alles erzählen. Auch wenn er ein Ekel ist. Ich werde ihm alles erzählen. Ich tu's für Magdalena.

Eine Schwester führte sie und Lola in ein schmales Krankenzimmer mit einem kleinen Gitterbett und einer ausklappbaren Liege zum Übernachten für Zoë.

Als die Schwester gegangen war, schaltete Zoë den Fernseher ein.

Als gäbe es keine anderen Nachrichten auf dieser Welt, sah sie Lolas Eltern, ihre weinende Mutter, die schmaler wirkte als beim letzten Mal, die verzweifelte Großmutter, die ihr Gesicht schluchzend in den Händen verbarg, und den Vater, der vor einer Unmenge von Mikrofonen um Gnade für seine Tochter bat. Alles deute auf einen Erpressungsfall hin, sagte die Nachrichtensprecherin, Genaueres wolle die Polizei aber noch nicht mitteilen.

Zoë schaltete den Fernseher gleich wieder aus. Noch einmal würde sie diese Bilder nicht ertragen, ohne dem Nächstbesten alles zu gestehen.

Zwischen Albtraumfetzen und Lolas Weinen verbrachte sie auf der schmalen, unbequemen Liege eine unruhige Nacht. Morgen wird alles gut, sagte sie sich, ohne zu wissen, woher sie diese Zuversicht nahm.

Wäre nur endlich morgen.

Wäre dieser Albtraum nur endlich vorbei.

Sie beschloss, ihn selbst zu beenden, indem sie Patrick den Schwindel beichtete und sich der Polizei stellte. Sie sehnte das Tageslicht herbei. Noch nie war ihr eine Nacht so lang vorgekommen.

20

Ebenso aufgebracht, wie Patrick das Untersuchungszimmer am Tag zuvor verlassen hatte, fuhr er Dr. Rosenkötter am nächsten Morgen an.

„Ich habe gesagt, ich verlasse mich auf Sie!"

Dr. Rosenkötter seufzte, als müsste er sich zusammenreißen, um nicht zurückzuschreien.

„Eine Blutgruppenbestimmung dauert eben", sagte er gepresst. „Außerdem ist das Ihre Privatangelegenheit …"

„Es ist mein gutes Recht zu erfahren, ob ich der Vater bin!", brüllte Patrick.

Lola fing an zu schreien. Dr. Rosenkötter legte Zoë die Kleine in die Arme.

„Ich entlasse das Kind auf Ihre Verantwortung", sagte er an Patrick gewandt.

„Meine Verantwortung!" Patrick schnaubte. „Solange ich nicht weiß, ob das mein Kind ist, habe ich nichts damit zu tun, und es wird nicht eine Sekunde länger auf meine Kosten im Krankenhaus bleiben. Soll sich der Vater drum kümmern. Oder meine Frau, wenn sie irgendwann mal wieder auftaucht. Die Schlampe." Er machte Zoë ein Zeichen zum Aufbruch.

Zoë war immer noch entschlossen, Patrick alles zu gestehen, aber bis jetzt hatte er ihr keine Gelegenheit gelassen. Er hatte sie kaum beachtet.

Sie folgte ihm mit Lola zum Ausgang.

„Sag doch endlich selbst, dass ich mit der Kleinen da keine Ähnlichkeit habe!", verlangte er von Zoë.

Seine Worte hallten durch den langen Krankenhausflur.

„Ja, das stimmt ...", begann Zoë zögernd.

Patrick blieb unvermittelt stehen und blinzelte sie hasserfüllt an. „Also stimmt es wirklich. Die Kleine ist nicht von mir", zischte er. „Die ist von diesem Arschloch, mit dem meine Frau mich betrügt. Und du wusstest es. Du hast es die ganze Zeit gewusst."

„Nein, gar nichts habe ich gewusst!", verteidigte Zoë sich unglücklich. „Das hat doch auch ganz andere Gründe, als Sie denken, dass die Kleine keine Ähnlichkeit mit Ihnen hat. Das kann ich Ihnen erklären ..."

„Oh, vielen Dank, dafür reicht meine Fantasie gerade noch aus, um mir das selbst auszumalen", erwiderte Patrick spöttisch. „Aber vielleicht täusche ich mich ja und der Weihnachtsmann hat sie in die Wiege gelegt. Oder der Storch. Und dabei ist es leider zu einer folgenschweren Verwechslung gekommen." Er lachte bitter und ging weiter.

Zoë eilte ihm mit Lola im Arm hinterher. Das arme Ding fühlte sich immer noch heiß an und weinte.

„Jetzt warten Sie doch!"

„Lass mich in Ruhe!", schrie er. „Lasst mich alle in Ruhe!"

Dann blieb er wieder unvermittelt stehen und hielt Zoë die offene Hand entgegen.

„Die Schlüssel. Die Hausschlüssel! Na wird's bald!"
Zögernd legte Zoë Patrick die fiebrige, weinende
Lola in den Arm und gab ihm die Schlüssel. „Die
Kleine ist wirklich nicht Ihre Tochter ...", begann sie
erneut.

„Danke, das weiß ich jetzt selbst", unterbrach Patrick sie rüde.

Er drückte Zoë die Kleine wie etwas Abstoßendes
in die Arme. Das machte Zoë wütend, denn die
Kleine konnte nichts dafür.

Patrick ging wieder voraus. „Und du hast es die
ganze Zeit gewusst. Toll. Dann hat meine Frau dir
also gleich alles erzählt und ihr habt euch auf meine
Kosten amüsiert. Richtig klasse. Ich lach mich auch
gleich kaputt. Aber vorher kriegt das Arschloch
noch Besuch."

Patrick beschleunigte seinen Schritt, sodass Zoë
Mühe hatte, ihm mit Lola im Arm zu folgen.

„Nein, ich habe gar nichts gewusst, das müssen Sie
mir glauben! Claudia hat mir gar nichts erzählt ...",
Sie versuchte ihn einzuholen.

„Erzähl mir nichts. Ihr steckt unter einer Decke. Mir
kannst du nichts vormachen. Hat sie dich wenigstens ordentlich bezahlt? Bestimmt hat sie dir auch
schon gesagt, wie sie es doch noch schaffen will, das
alleinige Sorgerecht zu bekommen. Aber das kann
sie jetzt freiwillig haben. Ich habe mit dem Balg
nichts mehr zu tun, und ich möchte weder dich
noch die Kleine jemals wieder in meinem Haus sehen."

„Aber ... ich habe doch meine Sachen noch oben ... ich meine, bei Ihnen ...“

„Die kann Claudia dir später zurückbringen. Wenn sie aus New York zurück ist. Wenn sie überhaupt in New York ist.“

„Ja klar, wo soll sie denn sonst sein?“, warf Zoë ein, ohne zu wissen, warum sie das tat, wenn sie doch entschlossen war, ihm alles zu gestehen.

„Spiel nicht die Unschuldige. Du weißt genau, wo sie ist.“

„Nein, weiß ich nicht!“, schrie Zoë verzweifelt über Lolas Weinen.

„Auch egal“, erwiderte Patrick kalt. „Für das, was ich vorhabe, brauche ich Claudia nicht. Es reicht, dass du da bist.“

Er drängte Zoë mit Lola auf den Rücksitz seines Wagens und fuhr mit hohem Tempo vom Krankenhausgelände.

Zoë begann sich zu fürchten. Dieser Mann war nicht nur impulsiv und manchmal etwas launisch, wie Claudia es ausgedrückt hatte, er war vollkommen unberechenbar. Und gewalttätig. Die Szene, die sie in der Küche beobachtet hatte, hatte ihr gereicht, um sie davon zu überzeugen. Und jetzt saß sie mit einem kranken Baby im Arm und mit diesem Mann im Auto.

Er überfuhr eine rote Ampel und jagte eine schmale, kurvenreiche Landstraße entlang.

„Ich habe das Baby geklaut!“, rief Zoë.

Patrick reagierte nicht. Er raste weiter.

„Ich hab's entführt, weil Magdalena weg war! Ich schwör's! Ich war so verzweifelt, da habe ich die Kleine einfach aus dem Kinderwagen ...“

„Halt die Schnauze!“, brüllte Patrick.

Lola schrie jetzt auch. Ihr Kopf war rot. Sie strampelte. Und sie stank.

„Verdammte Kacke!“ Patrick ließ die vorderen Fensterscheiben herunter, sodass Zoë und der Kleinen der Fahrtwind um die Ohren pfiff.

Zoë drückte Lola fester an sich und beugte sich vor.

„Wohin fahren wir denn?“, fragte sie leise, aber sie rechnete nicht ernsthaft mit einer Antwort.

Ihr war zum Heulen zumute. Sie fühlte sich ausgeliefert. Sie saß mit einem Mann im Auto, der jeden Moment die Kontrolle verlieren konnte. Der vielleicht gegen den nächsten Baum fuhr oder hinter der nächsten Kurve in einen anderen Wagen krachte.

Patrick gab Gas und überholte einen Lieferwagen.

Zoë sah den schwarzen Punkt näherkommen und größer werden. Sie fuhren direkt aufeinander zu.

„Vorsicht!“, schrie sie.

Unmittelbar vor dem Lieferwagen scherte Patrick rechts ein. Der schwarze Wagen schoss hupend an ihnen vorbei. Der Fahrer des Lieferwagens hinter ihnen blinkte aufgeregt mit der Lichthupe.

Zoë fing an zu weinen. Ihre Tränen fielen auf Lolas heiße Stirn, sie tupfte sie vorsichtig ab.

„Wohin fahren wir denn?", fragte sie wieder. „Was heißt das denn: es reicht, dass ich da bin?"

Patrick verlangsamte das Tempo etwas und blickte in den Rückspiegel.

„Du musst nur noch mal kurz auf sie aufpassen."

Er klang fast mild. Er reichte Zoë ein Papiertaschentuch. „Ist sie immer noch so heiß?"

Zoë putzte sich die Nase und nickte.

„Du musst keine Angst haben. Du musst nur noch eine kleine Weile Babysitter spielen."

Das fremde Handy klingelte in Zoës Hosentasche.

Patrick blickte sie im Rückspiegel fragend an.

Nein, entschied Zoë, ich gehe nicht ran, ganz bestimmt gehe ich jetzt nichts ans Handy, denn es kann nur Claudia sein.

„Willst du nicht rangehen?"

Zoë schüttelte den Kopf. „Ist nur 'ne Freundin. Nicht wichtig. Ich versteh sowieso nichts." Sie deutete auf die weinende Lola.

„Eine Freundin, so so. Woher willst du das wissen? Du hast doch gar nicht geguckt."

Patrick bog in eine Seitenstraße mit Kopfsteinpflaster ein. Sie war links und rechts von Bäumen gesäumt, durch die die Sonne schien und sie in hochsommerliches Licht tauchte, obwohl schon fast Oktober war. An jedem anderen Tag hätte Zoë sich über diesen Anblick gefreut, doch jetzt fürchtete sie sich. Sie traute Patricks unvermuteter Milde und seiner Freundlichkeit mit dem Taschentuch nicht. Sie spürte, dass er weiterhin aggressiv und unberechenbar war, und das machte ihr Angst.

Er hielt vor einem Mehrfamilienhaus an, dessen gelbliche Fassade an einigen Stellen abgebröckelt war. Dann stellte er den Motor aus und drehte sich zu Zoë und Lola um.

„Da wird sich aber gleich jemand freuen", sagte er leise und betrachtete Lola mit einer Mischung aus Mitleid, Verachtung und Ekel. „Da wird sich aber gleich jemand freuen."

21

„Du bleibst mit der Kleinen hier und wartest auf mich", sagte Patrick zu Zoë. „Dauert nicht lange. Ich will vorher nur kurz mit ihm reden. Bevor ich ihm die kleine Stinkbombe da übergebe."

Er drehte sich wieder nach vorn und sprach wie zu sich selbst. „Von Angesicht zu Angesicht, verstehst du? Von Mann zu Mann. Nur mit ihm reden. Der soll wissen, dass ich nicht irgendein Hampelmann bin. Ich bin kein Hampelmann, den man so einfach betrügt und belügt. Ich habe mich nämlich gefreut auf das Kind. Richtig gefreut hab ich mich. Ich Idiot."

„Ich habe es aber wirklich entführt!", beteuerte Zoë. „Das ist Lola, die Tochter von diesem Kaufmann! Die ist im Einkaufszentrum entführt worden! Das war ich! Ich schwör's!"

„Habe ich auch im Fernsehen gesehen", fiel ihr Patrick ins Wort und lächelte sie im Rückspiegel mitleidig an.

Er glaubte ihr nicht.

Zoë konnte ihn sogar verstehen, denn es war ein kläglicher Versuch gewesen, obwohl sie die Wahrheit sagte. Doch es klang jämmerlich, an den Haaren herbeigezogen. Natürlich musste er annehmen, dass sie die Geschichte aus dem Fernsehen hatte.

Patrick schüttelte den Kopf. „Netter Versuch. Vergiss es." Er stieg aus. „Und rühr dich nicht vom Fleck, bis ich zurück bin, klar?"

Er ging auf das Haus zu.

Er schien hier nicht das erste Mal zu sein, denn er musste nicht lange nach dem Namen auf den Klingelschildern suchen.

Nach wenigen Sekunden drückte er die Tür auf und verschwand im Hausflur.

Lola gab nur noch ein paar erschöpfte Schluchzer von sich. Zoë strich ihr sanft über den heißen Kopf. Sie tat ihr so leid.

„Was machen wir denn jetzt?", flüsterte Zoë. „Was machen wir denn jetzt nur?"

Sie hatte plötzlich riesengroße Lust auf eine Zigarette. Es kam ihr vor, als hätte sie Ewigkeiten nicht geraucht.

„Sorry", sagte sie zu Lola, legte sie auf dem Rücksitz ab und stieg aus. An die hintere Wagentür gelehnt zündete sie sich eine Zigarette an und nahm einen kräftigen Zug. Sie schloss die Augen, als das Schwindelgefühl sich einstellte und sie einen Moment lang in einen Zustand versetzte, in dem alle Gedanken zusammenschnurrten und in einem Wirbel verschwanden.

Lange hielt dieser Zustand nie an, und als Zoë den zweiten Zug nahm, war ihr klar, dass es jetzt nur noch eine Möglichkeit gab, um sich aus ihrer absurden Situation zu befreien. Sie musste zur Polizei gehen und Lola dort abgeben. Sofort. Sie musste Lola nehmen und abhauen, erst mal in den nächsten Laden und abwarten, bis Patrick weggefahren wäre, dann konnte sie nach dem nächsten Polizeirevier fragen und sich ein Taxi bestellen. Sie durfte auf keinen Fall wieder in Patricks Wagen einsteigen. Sie wollte weder mit diesem unberechenbaren Mann noch mit Claudias perfidem Plan etwas zu tun haben. Sie wollte nicht mehr ausgeliefert sein, Spielball für ein Ehepaar, das seinen Trennungskrieg auf ihrem Rücken austrug. So schlimm würde es schon nicht kommen, wenn sie der Polizei alles ganz genau erklärte. Dann würde man ihr glauben. Sie bekäme mildernde Umstände. Außerdem fiele sie unter das Jugendstrafrecht. Sie war bereit, ihre Strafe anzunehmen und ihre Tat zu bereuen. Sie bereute sie seit der ersten Sekunde.

Zoë war fast erleichtert, als sie die Zigarette austrat.

Das fremde Handy klingelte in ihrer Hosentasche.

Nein, sagte sie sich, nein, Claudia, ich spiel nicht mehr mit.

Sie öffnete die hintere Wagentür, doch noch ehe sie Lola vom Rücksitz nehmen konnte, stürzte Patrick auf den Wagen zu, riss die Fahrertür auf und ließ den Motor an. Er beachtete sie gar nicht.

Reflexartig sprang Zoë auf den Rücksitz. Im nächsten Augenblick fuhr Patrick los.

Er schwitzte. Er hatte Schweißperlen auf der Stirn, das konnte Zoë von der Seite erkennen. Und er keuchte wie nach einer großen Anstrengung.

Sie jagten mit offenen Fenstern die Landstraße entlang und entfernten sich immer weiter von Wallheim.

Zoë nahm die wimmernde, stinkende Lola auf den Schoß, um zu verhindern, dass sie in den Fußraum fiel. Sie wagte kaum zu atmen, so sehr fürchtete sie sich vor Patrick.

Er sprach kein Wort und raste immer weiter. Es schien, als hätte er sie und Lola vergessen.

Scheiße, dachte Zoë, ich hätte nicht warten dürfen, ich hätte die verdammte Zigarette nicht zu Ende rauchen dürfen. Jetzt hängt mein Leben von dem Wahnsinnigen da vorne ab. Sie schickte ein Stoßgebet zum Himmel, was sie nur sehr selten tat, nur, wenn sie sich fürchtete oder sich etwas ganz dringend wünschte. Lieber Gott, betete sie, lass mich das hier heil überleben. Und Lola auch. Ich verspreche dir, dann fasse ich keine Zigarette mehr an!

Das fremde Handyklingeln ließ sie zusammenzucken.

Patrick blickte erschrocken in den Rückspiegel. Er hatte sie tatsächlich vergessen und schien jetzt wütend über ihre Anwesenheit.

„Gib her!", fuhr er sie an.

Zoë zögerte.

„Du sollst mir das Handy geben! Wird's bald! Ich weiß, dass das Claudia ist!"

„Nur, wenn Sie anhalten!", konterte Zoë.

Sie sah, wie Patrick stutzte. Zu ihrer Erleichterung

fuhr er tatsächlich langsamer und hielt vor der nächsten Kurve am Straßenrand an.

Zoë hatte Lola wieder neben sich auf die Rückbank gelegt und nahm den Anruf entgegen.

„Zo-iii!", schrie Claudia. „Bist du verrückt? Wieso gehst du nicht ran? Wo bist du? Wo ist Patrick?"

„Ich geb ihn dir, Moment", sagte Zoë und hielt Patrick das Handy hin.

Er riss es ihr aus der Hand.

Er keuchte immer noch. Oder schon wieder. Er hatte einen hochroten Kopf.

„Was mit mir ist?", sagte er atemlos zu Claudia. „Ich weiß alles, du elendes Miststück. Ich bin nämlich nicht blind. Ich weiß, dass das Kind nicht von mir ist. Ich weiß, dass du mich belügst und betrügst. Wie lange geht das denn schon, hm? Anderthalb Jahre? Oder zwei? Oder vielleicht fünf? Aber damit ist jetzt Schluss, dafür habe ich gesorgt."

Zoë beobachtete, wie Patrick die Augen schloss und sich im Sitz zurücklehnte. Trotzdem wirkte er immer noch so, als könnte er jeden Moment explodieren.

Und wenn ich jetzt abhaue?, überlegte sie, doch sie verwarf den Gedanken, denn mit der Kleinen auf dem Arm wäre sie nicht schnell genug. Patrick würde sie hier mitten auf der Landstraße einholen. Aber wollte er Lola, die er für Magdalena hielt, nicht bei dem vermeintlichen leiblichen Vater in dem Mehrfamilienhaus abgeben? Seltsam, dachte Zoë. Irgendetwas musste ihn umgestimmt haben. Vielleicht hatte er seinen Nebenbuhler nicht angetroffen. Doch wieso war er dann so aufgelöst und außer Atem zum Wagen zurückgekehrt?

Patrick lachte laut auf, aber es klang nicht amüsiert, sondern verächtlich. „Da bin ich ja mal gespannt, was das für 'ne Erklärung sein soll! Das muss ja 'ne ganz tolle Erklärung sein. Aber eins sage ich dir, verschwende nicht meine Zeit! Und wie geht's überhaupt deiner Mutter? Erzähl doch mal, wie war's denn in New York?"

Er holte tief Luft und hörte Claudia eine Weile schweigend zu. Zoë konnte nicht verstehen, was sie ihm sagte, aber sie schien beruhigend auf ihn einzureden.

„Ja, natürlich, du kannst mir das alles erklären", sagte er schließlich resigniert. „Und wieso im Park? Wir haben ein sehr schönes Haus, in dem wir uns treffen können."

Wieder redete Claudia auf ihn ein, dann sagte er leise: „Was soll's. Ja, okay." Er ließ das Handy sinken, aber er gab es Zoë nicht zurück. Er betrachtete es. „Das ist Claudias, stimmt's?"

„Und Claudia hat meins!", erwiderte Zoë erbost.

Patrick hielt den Kopf aus dem Fenster und atmete mehrmals tief durch. Als er den Motor anließ, wandte er sich kurz zu ihr um. „Sie will sich mit mir treffen. Mit mir und der Kleinen. Sie schwört, sie ist von mir. Hundertprozentig." Er lachte müde. „Auf die Erklärung bin ich gespannt. Sie sagt, du weißt schon, wo ich hinkommen soll. Irgendeine bestimmte Bank im Stadtpark."

Zoë nickte zögernd. Claudia bestellte Patrick zum Stadtpark? Weshalb? Was hatte Claudia vor?

22

Patrick wendete den Wagen und fuhr Richtung Wallheim zurück. Jetzt fuhr er langsam. So langsam, dass ihn ein Kleintransporter nach kurzer Zeit überholte. Als fürchtete er sich vor dem, was ihn im Stadtpark erwartete.

Zwei Polizeiwagen mit Sirenen und Blaulicht kamen ihnen entgegen und bogen in die kleine Kopfsteinpflasterstraße ein.

Auf Höhe der Straße blieb Patrick fast stehen und starrte den Blaulichtern gebannt hinterher.

Durchgeknallt, dachte Zoë wieder, der ist völlig durchgeknallt. Und wenn ich einfach aus dem Wagen springe? Dann muss er sich um Lola kümmern. Dann habe ich mit all dem nichts mehr zu tun.

Doch sie blieb sitzen. Sie brachte es nicht fertig, Lola fiebrig und hilflos zurückzulassen bei einem Mann, dem sie vollkommen egal war.

Weshalb wollte Claudia sich plötzlich mit ihm treffen? Und weshalb im Stadtpark? Zoë konnte sich keinen Reim darauf machen. Nach dem, was sie mitbekommen hatte, klang es so, als wollte Claudia sich mit ihm versöhnen. Und er sollte die Kleine mitbringen. Wozu? Claudia wusste doch, dass es nicht Magdalena, sondern die Tochter von Kaufmann war. Das ergab keinen Sinn.

Und dann, während Patrick endlich Richtung Wallheim weiterfuhr, wurde Zoë klar, dass es sehr wohl einen Sinn ergab, was Claudia vorhatte. Sie wollte sich gar nicht mit Patrick versöhnen. Sie wollte ihren Plan zu Ende führen. Und sie, Zoë, sollte ihr dabei helfen.

Zoë fragte sich nicht, ob es richtig war, was sie tat. Ob es richtig war, Claudia zu helfen. Sie saß mit Lola auf dem Rücksitz und hatte während der Fahrt nur einen Gedanken: Gleich bin ich ihn los.

Inzwischen war es fast zwölf Uhr, die Sonne stand über den Bäumen und beschien den Weg, der von der Kreuzung in den Stadtpark führte. Es war das ideale Wetter, um hier die Mittagspause zu verbringen oder mit dem Kinderwagen spazieren zu fahren und zwischendurch auf der Parkbank bei den Rhododendren zu sitzen und eine zu rauchen. Doch heute war hier nicht viel los. Niemand kam aus dem Park oder bog in den Weg ein. Der Stadtpark oder das, was sie davon erkennen konnte, wirkte menschenleer. Das irritierte Zoë. Doch noch mehr als dieses ausgestorbene Fleckchen Erde beschäftigte sie in diesem Moment der Schwur, den sie getan hatte. Als Patrick im Halteverbot gegenüber dem Stadtpark anhielt, glaubte sie, es nicht eine Minute länger auszuhalten ohne Zigarette.

Patrick blickte zum Stadtpark hinüber.

„Und wo soll da die blöde Bank sein?"

„Sie gehen einfach den Weg rein, und nach vielleicht hundert oder zweihundert Metern ist sie rechts in einer Ecke mit riesigen Büschen drumrum. Können Sie gar nicht verfehlen", erklärte Zoë.

Sie ahnte, was gleich passieren würde, aber sie weigerte sich beharrlich, darüber nachzudenken. Sie musste nur weg aus dem Wagen, einfach schnell weg.

Patrick drehte sich zu der leise vor sich hinweinenden Lola um. Der Anblick musste ihn rühren. Doch er ließ nichts dergleichen erkennen. Stattdessen sagte er mit angewiderter Miene: „Dass die ausgerechnet jetzt so stinken muss. Kannst du sie nicht eben noch wickeln?"

Zoë schüttelte den Kopf. „Ich hab nichts dabei."

Patrick rieb sich mit beiden Händen das Gesicht.

Ihre Blicke begegneten sich, als er sich erneut zu Lola umdrehte. Er hat sich verändert, dachte Zoë. Oder ich habe nie gesehen, dass er so große staunende Augen hat. Wie Magdalena. Er hat denselben Blick.

„Das ist doch sowieso alles Quatsch", sagte Patrick. „Hat doch sowieso keinen Sinn."

„Doch!", hörte Zoë sich sagen. „Es hat Sinn. Die Kleine ist wirklich von Ihnen."

Patrick schnaubte verächtlich. „Ach ja? Auf einmal? Vorhin hast du mir noch was anderes erzählt ..."

Diesmal unterbrach Zoë ihn. „Ich habe es gesehen. Eben gerade. Sie haben denselben Blick wie Magdalena."

Zoë hätte erwartet, dass er skeptisch bleiben oder

sich vielleicht sogar freuen würde, doch er machte etwas ganz Erstaunliches, er legte beide Arme und seinen Kopf aufs Lenkrad und weinte. Sein Rücken zuckte. Er schluchzte laut auf.

Zoë war ratlos. Wieso weinte dieser Mann? Konnte man so verzweifelt darüber sein, dass das Kind nicht das eigene war und dann so erleichtert, wenn man erfuhr, dass man sich geirrt hatte, dass man darüber in Tränen ausbrach?

Zoë fand seine Reaktion übertrieben. Und vor allem wollte sie endlich weg. Sie wollte mit dem, was gleich geschehen würde, nichts zu tun haben.

„Sie müssen los, sonst denkt Ihre Frau noch, Sie haben es sich anders überlegt."

Patrick hob den Kopf und nickte. „Ja, du hast recht", sagte er leise. Er guckte in den Rückspiegel, fuhr sich mit den Fingern durch die Haare wie vor einem Rendezvous und stieg aus.

Er öffnete die hintere Tür und nahm Zoë mit ausgestreckten Armen die kleine Lola ab. Es sah albern aus, wie er sie weit vor sich hertrug, als er über die Straße zum Stadtpark ging.

„Tschüs, arme Lola", flüsterte Zoë. „Und verzeih mir bitte, was ich dir angetan habe."

Sie saß immer noch auf dem Rücksitz bei geöffneter Tür, sie hätte längst weglaufen können. Doch sie rührte sich nicht und guckte den beiden gebannt hinterher.

Bei dem Lichteinfall konnte sie sogar noch die kleine Rutsche auf dem Spielplatz erkennen. Die Parkbank war von Bäumen und Büschen verdeckt.

Die kleine Lola immer noch wie etwas Ansteckendes weit vor sich hertragend, erreichte Patrick die gegenüberliegende Straßenseite und bog in den Weg zum Stadtpark ein. Alles war ruhig. Immer noch waren er und Lola die einzigen Menschen weit und breit.

Das ist alles Quatsch, was ich mir da ausgedacht habe, ging es Zoë durch den Kopf. Nur weil ich selbst kriminell bin, traue ich allen anderen alles Mögliche zu. Wahrscheinlich hat Claudia die ganze Zeit nur geblufft. Und genau genommen hat Patrick ja ganz richtig erkannt, dass Lola nicht sein Kind sein kann.

Sie war im Begriff auszusteigen und eine zu rauchen, als sie Männerstimmen brüllen hörte. Dunkle Gestalten schossen von zwei Seiten aus den Gebüschen auf Patrick und Lola zu. Im nächsten Moment lag Patrick am Boden, eine der dunklen Gestalten kniete über ihm. Wo Lola geblieben war, konnte Zoë nicht erkennen.

Sie machte sich auf dem Rücksitz ganz klein und kroch aus dem Wagen. In der Hocke entfernte sie sich die ersten Meter, dann kam sie hoch und rannte.

Bitte mach jetzt keine Mittagspause!, rief sie stumm, als sie nur noch wenige Meter von Sebastians Fotogeschäft trennten. Bitte, bitte sei da!

Sie drückte mit aller Kraft die Klinke herunter und lehnte sich außer Atem gegen die Tür.

„Hi!", begrüßte Sebastian sie lachend. Er warf einen suchenden Blick nach draußen. „Heute mal allein?"

Die Kundin, die er gerade bediente, musterte Zoë erstaunt.

Zoë lächelte mit letzter Kraft und hob beschwichtigend die Hände. Der Holzstuhl in einer Ecke, vermutlich für ältere Kunden gedacht, war ihre Rettung. Sie beugte sich vornüber und rang nach Luft.

Sebastian hockte sich vor sie und reichte ihr ein Glas Wasser.

„Alles in Ordnung?"

Zoë nahm ihm das Glas dankbar ab und nickte. „Ich glaube, ja."

Sebastian kümmerte sich wieder um seine Kundin. Zoë trank das Wasser in großen Schlucken. Als der Polizeiwagen mit Blaulicht und Sirene Richtung Hagedornstraße am Fotogeschäft vorbeiraste, verschluckte sie sich vor Schreck und hustete. Die waren auf dem Weg zu Claudia und Patrick. Die hatten Patrick als vermeintlichen Entführer der kleinen Lola überwältigt und inzwischen seine Personalien festgestellt, und nun wollten sie das Haus durchsuchen. Sie würden ihren Rucksack finden. Innen in einem Plastikfach steckte ihre Adresse. Damit hatten sie sie. Patrick würde alles abstreiten und ihr die Schuld an der Entführung geben. Sie hatte sie ihm gegenüber ja selbst zugegeben. Ihre Flucht hatte nichts genützt. Sie kam sich schäbig vor. Sie hätte sich der Polizei selbst stellen sollen, wie sie es vorgehabt hatte. Jetzt würde ihr niemand mehr glauben, dass sie ihre Tat von der ersten Sekunde an bereute. Man würde sie nach dem Lösegeld löchern, mit dem Claudia längst über alle Berge war. Schlagartig wurde Zoë klar, weshalb sie vorm Reformhaus im Einkaufszentrum schreien sollte: Sie war das Ablenkungsmanöver bei der Geldübergabe gewesen. Claudia hatte die Eltern der kleinen Lola erpresst und sich unbemerkt das Lösegeld geschnappt, während sie im Einkaufszentrum endlose zwanzig Sekunden lang vorm Reformhaus stehen und schreien musste. Die Übergabe der kleinen Lola sollte später im Stadtpark stattfinden, deshalb hatte Claudia ihren Mann mit der Kleinen dorthin bestellt. Sie hatte ihn gezielt in die Falle gelockt. Was dabei aus ihrer Babysitterin wurde, war ihr offensichtlich egal. Und für den Fall, dass die Täuschung mit Patrick als Erpresser nicht klappte, hatte Claudia immer noch die Fotos von Lola auf Zoës Handy in der Hinterhand. Wie abgebrüht, dachte Zoë. Jeder Muskel tat ihr plötzlich weh, ihr Kopf schmerzte.

Sie war in jedem Fall geliefert. Niemand würde ihr die Geschichte glauben, wie sie wirklich abgelaufen war, wenn Patrick sie erst bei der Polizei verpfiffen hatte.

Sebastians Kundin war inzwischen gegangen.

„Hey. Was ist passiert?" Sebastian kam hinter dem Verkaufstresen hervor.

Zoë stand auf. Jetzt war es zu spät, ihm die Geschichte zu erzählen, das hätte sie früher tun sollen. Jetzt blieb ihr tatsächlich nur noch die Flucht nach vorn.

23

Zoë wandte sich zum Gehen, als Sebastian überraschend ihre Hand nahm.

„Was ist passiert?", fragte er mit Nachdruck.

„Ich habe was ganz Schlimmes gemacht", sagte sie zögernd, „aber das kann ich dir nicht erzählen."

Sebastian lachte ungläubig. „So, was ganz Schlimmes. Hast du der Kleinen versehentlich Schnaps zu trinken gegeben und jetzt schläft sie seit drei Tagen durch und keiner weiß, wieso?"

„Das ist nicht lustig", flüsterte Zoë. „Ich muss jetzt los. Wirklich. Danke für das Wasser."

Sebastian hielt sie am Arm zurück. „Hey! Du musst mir nichts erzählen, wenn du nicht willst. Ich zeig dir mal die Kamera, die ich neu reinbekommen habe, ja?"

„Jetzt nicht."

„Dann morgen?"

„Vielleicht."

„Morgen Nachmittag habe ich frei. Ich warte hier auf dich. Um drei." Sebastian guckte Zoë an, als läge ihm sehr viel an einer Verabredung. Er guckte ganz ernst und ließ sie nicht aus den Augen.

Zoë seufzte erschöpft. „Es hat keinen Zweck, ich muss wahrscheinlich bald ins Gefängnis."

Sebastian blieb ein paar Sekunden lang stumm, vielleicht hatte es ihm die Sprache verschlagen. Dann sagte er: „Aber doch noch nicht morgen, oder?"

Zoë blickte zu Boden. Die Situation war ihr unangenehm. Vermutlich nahm er sie nicht ernst, und das konnte sie ihm nicht mal verübeln. Unter normalen Umständen hätte sie sich über seine Hartnäckigkeit sogar gefreut.

„Und Fotografin werden möchtest du doch immer noch, oder nicht?"

Zoë zuckte die Schultern. Darüber hatte sie seit Magdalenas Verschwinden nicht mehr nachgedacht. Und davor auch nicht. Genau genommen hatte Sebastian sie erst auf diese Idee gebracht.

„Ich wüsste da nämlich eventuell was. Es sei denn, du hast schon eine Lehrstelle. Oder du musst sehr lange ins Gefängnis."

Er nahm sie nicht ernst. Macht nichts, dachte Zoë.

„Sehr nett von dir", sagte sie, „aber ich muss jetzt wirklich los."

„Bis morgen um drei!", rief er ihr hinterher.

Aber da rannte sie schon und drehte sich nicht noch mal um.

Zoë klingelte bei der alten Frau Endrussat, die einen Schlüssel für ihre Wohnung hatte. Ihr eigener Schlüssel steckte im Rucksack, und ihre Eltern waren nicht da. Ihre Mutter arbeitete und ihr Vater trieb sich wahrscheinlich wieder im Einkaufszentrum herum.

Die alte Frau Endrussat rieb sich die müden, glasigen Augen.

„Kind, jetzt hätte ich dich beinahe nicht erkannt, du siehst ja ganz zerstört aus. Komm doch erst mal rein."

„Nein, danke, Frau Endrussat, ich muss ganz schnell nach oben. Unter die Dusche und so. Trotzdem vielen Dank."

Zoë spürte den Blick in ihrem Rücken, die alte Schachtel würde ihren Eltern erzählen, wie zerstört sie hier angekommen war. Zerstört, wie schrecklich das klang, aber es stimmte auch irgendwie, sie fühlte sich bis in alle Muskeln zerstört. Die Haut tat ihr weh, als würde sie jeden Moment Fieber bekommen.

Durfte man Kranke verhaften?, fragte sie sich mit Blick in den Badezimmerspiegel. Sie sah wirklich gespenstisch aus, ihr Gesicht hatte eine ungesunde fahle Farbe, ihre Haare klebten fettig an ihrem Kopf, ihr Sweatshirt hing knittrig an ihr herab. Wie eine lieblos montierte Vogelscheuche sah sie aus. Unbegreiflich, dass Sebastian sie trotzdem wiedersehen wollte.

Obwohl der Briefumschlag auf ihrem Schreibtisch kleiner und dicker war als ihre zurückgeschickten Bewerbungen, schenkte sie ihm zuerst keine Beachtung. Sie warf sich aufs Bett und fiel in einen oberflächlichen Schlaf, jederzeit bereit, aufzuwachen, weil sie jederzeit damit rechnete, dass die Polizei vor ihrer Tür stand. Eine Autohupe ließ sie nach kaum einer halben Stunde hochschrecken und lauschen. Doch niemand klingelte. Niemand hämmerte gegen die Tür und schrie: Aufmachen! Polizei!

Es war still im Haus. Aber das musste nichts bedeuten. Sie konnten jederzeit vor der Tür stehen. Vielleicht, ging es Zoë durch den Kopf, sollte ich Mama und Papa noch einen Abschiedsbrief schreiben, in dem ich ihnen erkläre, was mir passiert ist. Sie werden mir glauben. Wenigstens sie.

Zoë setzte sich an ihren Schreibtisch und warf einen Blick in die Blechdose. Das dicke Geldbündel war der Beweis, dass ihr das alles wirklich passiert war. Zoë wusste nun auch, warum Claudia bereit gewesen war, ihr so viel Geld zu zahlen. Es war Schmerzensgeld für das Verschwinden von Magdalena. Vielleicht konnte sie das Geld auch als Beweismaterial gegen Claudia verwenden. Ganz sicher gab es noch Spuren, vielleicht Fingerabdrücke von Claudia auf den einzelnen Scheinen. Dich mach ich fertig, dachte Zoë voller Zorn, während ihr Blick den gepolsterten Umschlag streifte. Das war keine Bewerbung, die zurückgeschickt worden war.

Es gab keinen Absender, es stand nur *Für Zoë* auf der vorderen Seite.

Zoë öffnete den Brief.

Ihr Handy steckte darin, eingewickelt in ein Blatt Papier.

Ruf mich an, stand dort mit dem Computer geschrieben.

„Warum sollte ich das tun, du falsches Biest", sagte Zoë laut.

Sie überprüfte die Fotodateien. Die Fotos von Lola waren gelöscht. Zoë atmete auf, doch es nützte ihr nichts mehr, ihr Rucksack würde sie verraten. Ihre eigene Unachtsamkeit.

Siebzehn entgangene Anrufe und drei Mailboxnachrichten zeigte ihr Handy an. Sie hörte die Nachrichten ab.

Patrick, ihr Ex-Patrick, wollte sich mit ihr treffen. Einfach nur so. Mal wieder 'ne Runde quatschen, sagte er fröhlich. Die Nächste war Lotte. Sie müsse dringend mit ihr reden. Ich aber nicht mit dir, dachte Zoë. Und dann Rosi, die ihr vorwarf, dass sie offensichtlich abgetaucht und immer noch sauer auf sie sei und sich wegen des Kinos nicht mal bei ihr meldete.

Zoë überlegte, ob sie Rosi anrufen sollte, um ihr die Geschichte zu erzählen.

Sie entschied sich dagegen.

Sie rief Claudia an.

„Wir treffen uns in einer Stunde", sagte Claudia.

„Machen wir nicht", entgegnete Zoë voller Wut.

„Und wenn ich dich sehr darum bitte?", fragte Claudia überraschend sanft.

„Wozu? Willst du dich schnell noch mal von mir verabschieden, bevor ich in den Knast gehe?", fuhr Zoë sie an. „Nachdem du mich in die Scheiße geritten hast? Weißt du, was du bist? Du bist das größte, mieseste, verlogenste Miststück unter der Sonne. Wie konnte ich nur auf dich hereinfallen! Ich habe dir voll vertraut und du hast meine Gutgläubigkeit ausgenutzt! Ich war ein gefundenes Fressen für dich. Schön naiv, die Kleine. Perfekt! Aber freu dich nicht zu früh, ich habe nämlich auch was gegen dich in der Hand ..."

„Zoiii!", rief Claudia. „Hör auf! Du gehst nicht in den Knast. Das habe ich dir von Anfang an gesagt, dass dir nichts passiert."

„Die haben meinen Rucksack. Und ich habe deinem tollen Patrick alles erzählt."

„In einer Stunde. Bitte. Sagen wir, im Einkaufszentrum? Oben im Café?"

Zoë prustete verächtlich. „Ja super, dann kannst du meinen Vater gleich miteinladen, der hängt da nämlich immer rum."

„Okay, dann schlag was anderes vor."

„Die Parkbank. Wir treffen uns bei der Parkbank. Täter gehen immer zum Tatort zurück. Hast du selbst gesagt."

Zoë war stolz auf ihre Idee. Und sie bemerkte mit Genugtuung, dass Claudia der Treffpunkt nicht passte. Aber das war ihr egal.

„Entweder bei der Parkbank oder gar nicht."

24

Zoës Herz klopfte, als sie den Weg zur Parkbank entlangging. Sie guckte verstohlen nach rechts und links, weil sie fürchtete, dass wieder Polizisten aus dem Gebüsch hervorspringen könnten. Woher sollte sie wissen, dass dieses Treffen nicht auch zu Claudias Plan gehörte, dass sie sie nicht schon wieder für ihre Zwecke benutzte?

Claudia saß schon auf der Bank, als sie kam. Sie saß vornübergebeugt und rauchte. Von wegen man fängt nicht wieder an, dachte Zoë verächtlich.

Zögernd und grußlos setzte sie sich neben Claudia. Ihr stieg der Rauch in die Nase. Wortlos hielt Claudia ihr die Packung hin.

Ich bin ja nicht gerettet, dachte Zoë. Ich muss ins Gefängnis, das ist so gut wie tot sein.

Sie nahm sich eine Zigarette, schüttelte das Feuerzeug aus der Packung und sog den ersten Zug tief und langsam ein. Der Schwindel presste ihren Kopf in eine große Zange. Einen Augenblick lang glaubte sie, sie könne sich daraus nicht wieder befreien. Doch dann verschwand die Umklammerung und ließ sie schaudernd frei.

Claudia betrachtete sie von der Seite. Ihre Augen waren verweint. Nanu, dachte Zoë noch immer voller Wut auf diese kalte, berechnende Frau, was gibt's denn da zu heulen? Ist am Ende nicht genug Geld zusammengekommen?

Claudia zog Zoës Rucksack unter der Bank hervor und stellte ihn ihr vor die Füße.

„Hab deine Klamotten noch rechtzeitig rausgeholt, bevor die das ganze Haus auf den Kopf gestellt haben."

Zoë schloss die Augen. Jetzt war ihr auch zum Heulen zumute. Vor Erleichterung und Dankbarkeit. Doch die würde sie Claudia nicht zeigen. Die gönnte sie ihr nicht. Sie nahm den Rucksack wortlos an ihre Seite. Vor dem nächsten Zigarettenzug hielt sie inne. Noch einen letzten Zug, sagte sie sich und gleich darauf: Nein, sonst funktioniert das mit den Stoßgebeten nicht. Sie warf die kaum gerauchte Zigarette vor sich auf den Boden und trat sie aus.

„Das ist doch deine Marke, denk ich", sagte Claudia irritiert.

„Ja. Das war meine Marke. Ich höre auf."

„Aha."

Claudia nickte vor sich hin, als würde sie ihr nicht glauben. Das ärgerte Zoë.

„Und dann gibt es noch einen Grund, weshalb ich mich mit dir treffen wollte", sagte Claudia, ohne sie anzusehen. „Sag mir bitte, wo ihr heute Vormittag wart, als ich dich angerufen habe."

„Wieso ist das wichtig?", gab Zoë kühl zurück. „Patrick hat Lola und mich vom Krankenhaus abgeholt."

„Und dann?"

„Dann ... dann ist er wie ein Verrückter nach Geißendorf gerast und in 'nem Haus verschwunden. Da wohnt wohl dein ..."

Zoë hielt inne und warf Claudia einen prüfenden Blick zu. Wenn Claudia keinen Liebhaber hatte, war das jetzt die Gelegenheit, es klarzustellen. Doch Claudia starrte nur rauchend vor sich hin und ließ den Satz in der Luft hängen.

„Patrick hat gesagt, er sei gleich wieder da, er wolle nur mit ihm reden und danach die Kleine bei ihm abgeben. Keine Ahnung, wieso er sie nicht sofort mit hochgenommen hat, wenn er sich so sicher war, dass der andere der Vater ist. Ich habe jedenfalls die ganze Zeit versucht, ihm klarzumachen, dass es kein Wunder ist, wenn Lola keine Ähnlichkeit mit ihm hat. Ich habe ihm die ganze Wahrheit erzählt, aber er wollte gar nichts hören, der war so im Wahn irgendwie, dass wir unter einer Decke stecken und uns die ganze Zeit über ihn lustig machen ... Trotzdem dachte ich, wenn die jetzt meinen Rucksack in eurem Haus finden und Patrick erzählt der Polizei alles, was ich ihm erzählt habe ..."

„Patrick hat die Entführung gestanden", flüsterte Claudia.

Zoë rückte ein Stückchen näher an Claudia heran. Sie wollte sichergehen, dass sie sich nicht verhört hatte. „Patrick hat die Entführung von Lola gestanden?"

Claudia nickte langsam. „Die Polizei hat's mir gesagt."

„Aber wieso?"

„Ja, wieso? Wieso macht man so was wohl?", sagte Claudia mit leiser Stimme wie zu sich selbst. „Und wie ging es dann weiter? Bevor ich angerufen habe? Ich nehme an, er ist dann hoch ins Haus und du hast im Wagen gewartet mit der Kleinen, und dann?"

„Dann ist er wie ein Irrer wieder runter und losgefahren, aber mit der Kleinen. Ich hatte vorm Wagen eine geraucht und konnte gerade noch rechtzeitig auf die Rückbank springen. Ich nehm mal an, dass er sich getäuscht hat, oder?"

Zoë sah Claudia erwartungsvoll an, doch anstatt ihr das Verhalten ihres Mannes zu erklären, sackte Claudia in sich zusammen und fing an zu schluchzen. Sie warf ihre fast aufgerauchte Zigarette vor sich auf den Weg und verbarg den Kopf in den Händen. Ihre Schultern zuckten.

„Was ist denn los?", fragte Zoë leise. „Was ist denn daran so schlimm?"

Claudia fuhr urplötzlich hoch und schnauzte Zoë an: „Was glaubst du wohl, wieso er die Kleine nicht hochgebracht hat? Du hast doch selbst gesagt, dass er wie ein Irrer wieder losgefahren ist!"

Zoë zuckte verdutzt die Schultern. „Ja, aber er war auch vorher schon ... Ich verstehe nicht ..."

Claudia machte eine abwehrende Handbewegung und schüttelte den Kopf. „Vergiss es. Vergiss es einfach. Es reicht alles schon so. Und ich schwöre, es tut mir leid, dass ich dich in diese Geschichte mit reingezogen habe. Aber warum hast du denn auch nicht die Polizei gerufen? Jeder normale Mensch hätte die Polizei gerufen! Ich schwöre, ich hätte Magdalena sofort zurückgebracht. Niemand außer dir hätte etwas bemerkt. Der Schrecken hätte keine Stunde gedauert. Die Polizei hätte Patrick angerufen. Das Jugendamt hätte davon erfahren. Ich wollte es amtlich haben, verstehst du? Ich wollte dem Jugendamt und dieser unfähigen Richterin beweisen, dass mein Mann nicht in der Lage ist, auch nur ein paar Stunden auf sein eigenes Kind aufzupassen. Dass er dafür lieber einen wildfremden Babysitter akzeptiert und riskiert, dass der nicht gut aufpasst …"

„Aber ich habe aufgepasst!", protestierte Zoë.

„Ja, verdammt, du hast aufgepasst! Aber ich konnte doch nicht ahnen, dass du dann selbst ein Kind entführst! So was ahnt man doch nicht! Und dann war es eine so verlockende Chance …"

„Wieso war?", fragte Zoë verblüfft. „Hat es denn nicht geklappt mit dem Geld? Habe ich nicht lange genug geschrien?"

„Sei still!", fauchte Claudia, dann setzte sie bittend nach: „Sei einfach still. Nimm deinen Rucksack und versuche, mir zu verzeihen und die ganze Geschichte zu vergessen, okay? Und alles wird gut."

„Nein", erwiderte Zoë. „Nichts wird mehr gut. Wir haben den Eltern und der Oma von Lola etwas ganz Schreckliches angetan, und das werde ich mir niemals verzeihen! Und dir auch nicht, denn ohne deine tolle Aktion hätte ich Lola niemals ..." Zoë hielt inne.

„Geklaut?" Claudia guckte sie herausfordernd an.

„Und du hast es ausgenutzt!", schrie Zoë.

Die Frau mit der rosafarbenen Filzmütze und dem albernen Bommel blieb in einiger Entfernung stehen und glotzte.

Zoë zeigte ihr den Stinkefinger. „Psychopathin!"

Die Frau schüttelte den Kopf und ging langsam weiter.

„Mit diesem sogenannten Mäzen Kaufmann hatte ich sowieso noch eine Rechnung offen", sagte Claudia mit brüchiger Stimme und starrem Blick ins Nichts. „Der hat mir eine komplette Ausstellung erst zugesagt und zwei Tage vor der Vernissage das ganze Geld wieder gestrichen. Ich hatte das Kleingedruckte nicht gelesen."

„Aber was kann denn Lola dafür? Oder die Oma?", zischte Zoë.

„Ich habe sofort ausrichten lassen, dass es der Kleinen gut geht und dass wir ihr nichts tun."

„Wer wir?", fragte Zoë alarmiert.

„Ich und der Mann, den ich liebe. Geliebt habe." Tränen liefen ihr über die Wangen.

„Und jetzt? Liebst du ihn nicht mehr?"

„Er ist tot", sagte Claudia leise.

Zoë verstand nicht. „Tot?"

„Ich muss jetzt gehen. Ich werde Magdalenas erste

Puppe nach dir benennen. Zoë. Das Leben. Ein schöner Name."

Claudia stand auf und ging, ohne sich noch einmal nach ihr umzudrehen.

25

Ihr Vater empfing sie mit einem Zettel in der Hand. „Da sollst du anrufen. Sofort. Aber heute ist es wahrscheinlich zu spät."

Das klang vorwurfsvoll. Außerdem versetzte Zoë der Zettel einen Schrecken. Sie fragte erst gar nicht weiter nach, denn sie war überzeugt davon, dass Patrick der Polizei alles erzählt hatte. Welchen Grund sollte er haben, es nicht zu tun? Die Frage verfolgte sie bis in den Schlaf. Wieso gab er etwas zu, was er nicht getan hatte?

Die Antwort auf diese Frage stand beim Frühstück am nächsten Morgen im Wallheimer Stadtanzeiger. Aber Zoë entdeckte sie nicht sofort, sie las zuerst den großen Artikel auf Seite eins:

Lola ist wieder da!

Wallheim/Geißendorf. *Viele Tränen flossen, aber es waren diesmal ausschließlich Tränen des Glücks, als die überglücklichen Eltern und die Großmutter ihre kleine Lola gestern endlich wieder in die Arme schließen konnten. Wie berichtet, wurde das knapp fünf Monate alte Baby aus dem Kinderwagen im Einkaufszentrum entführt, als die Großmutter der Kleinen im Reformhaus nur kurz etwas einkaufen wollte. Bis heute ist unklar, woher der geständige Entführer wissen konnte, dass es sich bei dem Kind um die Tochter des Mäzens und Unternehmers*

Kaufmann handelte, da die Familie immer sehr großen Wert darauf gelegt hatte, keine Fotos der kleinen Lola zu veröffentlichen und sie so weit wie möglich vor der Öffentlichkeit abgeschottet hatte. Hierzu verweigert der Täter nach Polizeiangaben bislang die Aussage. Auch zum genauen Vorgehen und dem Verbleib des sechsstelligen Lösegeldbetrages äußerte er sich nicht. Der 40-jährige Mann, der bisher polizeiunbekannt war, gab als Motiv für die Entführung finanzielle Schwierigkeiten an. Wie inzwischen bekannt wurde, stand sein Webdesign-Unternehmen kurz vor der Insolvenz. Er war während der vereinbarten Übergabe des Kindes an die Eltern von der Polizei überwältigt und festgenommen worden. Der kleinen Lola ging es den ersten Angaben zufolge den Umständen entsprechend gut.

„Stimmt nicht", sagte Zoë leise, aber nicht leise genug.

„Was stimmt nicht?", hakte ihre Mutter nach.

Zoë erschrak.

„Was ist nur los mit dir? Du reagierst wie ein aufgescheuchtes Reh, seit du von diesem Babysitter-Job wieder aufgetaucht bist."

„Und ruf da an", sagte ihr Vater. „Die Nummer vom Zettel. Das klang dringend."

Zoë erwiderte nichts. Sie wunderte sich nur darüber, dass ihr Vater so rücksichtsvoll war und nicht sagte: Die Polizei hat angerufen, die wollen dich verhören!

„Dein Vater hat übrigens seinen alten Job zurück", sagte ihre Mutter wie nebenbei.

„Das ist doch toll!", rief Zoë. „Wieso sagst du das denn so komisch?"

„Weil man deiner Mutter nichts recht machen kann", warf ihr Vater missmutig ein und schlürfte seinen Tee.

Im Gegenzug zerlegte ihre Mutter die Zeitung in mehrere Teile, setzte sie in verkehrter Reihenfolge wieder zusammen und sagte: „Sie haben ihn nämlich bequatscht. Wie wichtig und wie qualifiziert er doch sei ..."

„Ja und? Bin ich das etwa nicht?", polterte Zoës Vater.

„Was man ganz deutlich daran erkennt, dass er dort jetzt für den halben Lohn arbeitet. Dein Vater verdient nun weniger als ich."

Zoë hasste ihre Mutter für die überhebliche Art, mit der sie ihre Verachtung ihrem Mann gegenüber zelebrierte. Und ihren Vater hasste sie dafür, dass er so mit sich umspringen ließ.

Erzürnt knallte ihr Vater den Teebecher auf den Tisch und sprang vom Frühstückstisch auf. „Wenn das so weitergeht, lass ich mich scheiden!", rief er.

„Das geht so weiter", entgegnete ihre Mutter lapidar.

Darauf erwiderte ihr Vater nichts mehr. Er ging in den Flur, zog sich seine Jacke an und verschwand.

Zoë setzte gerade an, ihren Vater ihrer Mutter gegenüber in Schutz zu nehmen, als sie den Artikel im Lokalteil unten rechts entdeckte:

Mann lag tot in seiner Wohnung

Wallheim/Geißendorf. *Ein etwa 35-jähriger Mann ist gestern früh tot in seiner Wohnung in Geißendorf aufgefunden worden. Eine Nachbarin hatte den Mann, der möglicherweise einem Gewaltverbrechen zum Opfer gefallen ist, gegen Mittag entdeckt. Die Wohnungstür war angelehnt, Spuren eines gewaltsamen Eindringens in die Wohnung gibt es laut Polizeiangaben nicht. Die Ermittler der zuständigen Mordkommission gehen deshalb nach eigenen Angaben davon aus, dass das Opfer dem Täter oder den Tätern selbst die Tür geöffnet hat. In der Wohnung des Toten wurden eine Babytragetasche und Babykleidung gefunden, obwohl nach Aussagen mehrerer Nachbarn in dem Mehrfamilienhaus, in dem sich die Tat ereignet hat, nicht bekannt war, dass der Mann ein Kind hatte. Offensichtlich hatte er gerade Vorbereitungen für eine größere Reise getroffen, denn ein Koffer lag halb gepackt auf seinem Bett. Weitere Details wurden zunächst nicht bekannt.*

Patrick!, dachte Zoë sofort. Jetzt verstand sie, weshalb er die Entführung bereitwillig zugab, denn wer ein Kind entführte und kurz vor der Übergabe stand, brachte nicht unmittelbar vorher noch jemanden um.

Zumindest war das höchst unwahrscheinlich.

Zoë war entsetzt und erleichtert zugleich. Sie war mit einem Mörder Auto gefahren. Sie war außer Verdacht.

„Was ist denn mit dir, Mädchen?" Ihre Mutter strich

ihr besorgt über den Arm. „Ich seh dir doch an, dass was ist!"

Ja, man konnte ihr vielleicht ansehen, dass etwas mit ihr geschah, aber man konnte nicht sehen was, sonst hätte ihre Mutter gewusst, dass ihre Kopf- und Muskel- und Gliederschmerzen mit einem Schlag verschwunden waren und dass es ihr wieder besser ging.

„Ist es wegen dieser Nummer, die du anrufen sollst? Ich weiß, dass solche Gespräche nicht einfach sind, aber die klangen wirklich sehr interessiert."

Zoë guckte ihre Mutter verständnislos an. „Wer klang wirklich interessiert?"

„Na, diese Firma, bei der du dich beworben hast."

Keine Polizei. Nein, warum auch? Es gab keinen Grund, sie zu verhören. Wenn alles stimmte, was Claudia ihr erzählt hatte, kam sie im Leben der Körners überhaupt nicht vor. Zumindest gab es keine Beweise dafür, dass sie irgendwann einmal Magdalenas Babysitterin gewesen war. Nur Sebastian wusste es, aber der war keine Gefahr, solange sie ihm nicht die ganze Geschichte erzählte. Und einem Kindesentführer glaubte man nicht.

„Ich rufe da später an, ich habe erst noch einen anderen Termin, ich werde nämlich vielleicht Fotografin", sagte Zoë.

Ihre Mutter reagierte entsetzt. „Hat das was mit dieser Familie zu tun?"

„Nein, Mama, ich schwör's."

Ihre Mutter atmete auf, doch sie blieb skeptisch. „Fotografin, so so. Und wie heißt der junge Mann?" Natürlich erzählte Zoë ihr nichts von Sebastian. Sie wusste ja selbst kaum etwas über ihn. Aber die Vermutung ihrer Mutter, dass ein junger Mann hinter ihrem neuen Berufswunsch steckte und sie ihn nicht selbst für sich entdeckt hatte, ärgerte sie.

Am Nachmittag fuhr Zoë zu Sebastian ins Fotogeschäft. Sie erkannte ihn nicht sofort. Seine Haare waren raspelkurz.
Er strich sich verlegen mit der Hand über den Kopf. „Ich konnte sie nicht mehr sehen."
Zoë hatte sich so an die langen Haare gewöhnt, dass sie nicht sicher war, ob er jetzt besser aussah. „Die wachsen doch wieder", sagte sie tröstend, und während sie noch darüber nachdachte, ob sie ihm nicht lieber etwas Netteres hätte sagen sollen, kam er auf sie zu und fasste sie an beiden Schultern.
„Ich freue mich so, dass du da bist!"
„Du hast gedacht, ich sitze im Knast", sagte Zoë halb scherzhaft.
„Ich hätte dich besucht!", schwor Sebastian.

Sie gingen durch die Altstadt und probierten gemeinsam die neue Kamera aus. Zoë fotografierte verschnörkelte Giebel und enge Gassen, Sebastian fotografierte nur sie. Er war von ihren Aufnahmen begeistert und bescheinigte ihr einen sehr guten

Blick. Zoë glaubte es gern. Irgendwann meinte sie, Patrick zu sehen, entfernt, vor einem Schreibwarengeschäft. Er sah zu ihnen herüber. Dann war er wieder verschwunden. Verfolgungswahn, dachte Zoë.

Sebastian stand plötzlich nah bei ihr. „Du hast eben ganz traurig ausgesehen."

Er zeigte ihr das letzte Foto, das er von ihr gemacht hatte. Sie sah wirklich traurig aus. Aber war sie auch traurig gewesen?

„Das kannst du löschen", sagte Zoë. „Das ist lange vorbei."

Nachtrag

Wohnungsnachbarn des ermordeten Mannes gaben bei der Polizei zu Protokoll, zur Tatzeit einen Mann im Treppenhaus und eine junge Frau rauchend in der Nähe eines Fahrzeuges gesehen zu haben. Eine genaue Personenbeschreibung konnte allerdings niemand abgeben. Die Polizei vermutet deshalb, dass es sich um ein Pärchen handelt. Die Frau und der Mann wurden im Wallheimer Stadtanzeiger und über das Lokalradio mehrfach gebeten, sich als wichtige Zeugen zu melden. Bisher vergeblich.

Monatelang noch erschrak Zoë bei jedem Telefonklingeln, bei jedem Läuten an der Haustür und bei jedem Polizeiwagen, der ihr begegnete. Sie zog mit Sebastian zusammen, machte eine Ausbildung zur Fotografin und wurde schwanger. Auf ihren besonderen Wunsch nannten sie das Mädchen Lola. Aus irgendeinem Grund hat Zoë Sebastian die wahre Geschichte, die sich hinter dem Namen ihrer Tochter verbirgt, bis heute nicht erzählt.

Claudia hatte sich wenige Tage nach der letzten Begegnung mit Zoë im Stadtpark mit ihrer Tochter Magdalena nach New York abgesetzt. Ihr Mann Patrick wurde wegen Kindesentführung und Erpressung zu einer Freiheitsstrafe von zehn Jahren verurteilt. Vom Lösegeld fehlt jede Spur.

Weitere Bücher von Angela Gerrits:

Foulspiel
Letzter Auftritt
In der Falle
Achtzehn
Ich trau mich, ich trau mich nicht
Lisa und Lucia - verliebt hoch zwei
Kusswechsel
Liebeskummer auf Italienisch
Liebesbrief von unbekannt
Küsse im Anflug
Esthers Rache
Glücksschimmer
Hasta la vista Barcelona
Frühlingsgewitter
Heaven Club Amsterdam
Drei Engel und ein Weihnachtswunder

www.angelagerrits.de